서하령

성운을 먹는 자

성운을 먹는 자 29

김재한 퓨전 판타지 소설

초판 1쇄 찍은 날 § 2017년 10월 26일
초판 1쇄 펴낸 날 § 2017년 11월 2일

지은이 § 김재한
펴낸이 § 서경석

편집책임 § 이지연
디자인 § 신현아

펴낸곳 § 도서출판 청어람
등록번호 § 제387-1999-000006호
등록일자 § 1999. 5. 31
어람번호 § 제1-2785호

주소 § 경기도 부천시 부일로 483번길 40 서경B/D 3F (우) 14640
전화 § 032-656-4452 팩스 § 032-656-4453
http://www.chungeoram.com
E-mail § chungeorambook@daum.net

ⓒ 김재한, 2015

ISBN 979-11-04-91498-0 04810
ISBN 979-11-04-90287-1 (세트)

FUSION FANTASTIC STORY

김재한 퓨전 판타지 소설

성운을 먹는 자

종언(終焉)을 고하는 자들

29

목차

제189장
화창한 날에

성운을 먹는 자

1

7월 초, 하운국 별의 수호자 총단에 한 소녀가 나타났다.
두 명의 수행원과 함께 방문한 그녀는 단번에 총단의 화젯거
리로 떠올랐다.

"백 대주님을 찾아오셨다고요?"

처음 그녀를 맞이한 것은 혼인 준비로 정신이 없으면서도
성실하게 척마대 부대주로 일하고 있는 마곡정이었다.

긴 흑발에 황금색 눈동자를 가진 소녀였다. 애교 넘치는 귀
여운 인상에 외모는 열서너 살 정도 되어 보였지만 실제 나이
를 짐작하기는 어려웠다.

"백령회의 영수께서 무슨 일로 찾아오셨습니까?"

소녀는 인간이 아니라 영수였기 때문이다. 언뜻 보면 영수 혼혈의 인간처럼 보일 정도로 둔갑술이 뛰어나지만 마곡정의 눈을 속일 수는 없었다.

소녀는 가만히 마곡정을 바라보다가 말했다.

"언니에게 들은 대로네요."

"네?"

"저는 화유. 마 공자님께서 일야문에서 만난 영수 화음의 동생이랍니다."

"아……."

그녀의 자기소개에 마곡정이 놀랐다.

말을 듣고 보니 확실히 호랑이 영수 화음과 닮은 구석이 있었다. 외모상의 특징도 그렇지만 느껴지는 기운이 그렇다.

"언니가 말하길 마 공자님은 정말……."

"정말?"

화유가 말꼬리를 늘이며 뜸을 들이자 마곡정이 고개를 갸 웃했다. 그러자 화유가 까르르 웃었다.

"보고 있는 자기 눈을 의심할 정도로 잘생긴 분이라더니 정말 그렇네요."

"……."

"아, 인간인지 대영수인지 알 수 없는 신묘한 분이라고도 했는데 그것도 그렇네요."

"…칭찬으로 듣지요. 그러고 보니 화음 님은 잘 계십니까?"

"아뇨. 별로 잘 있지는 못해요."

"네?"

"실연당해서 돌아왔거든요. 울적함을 떨치겠다고 수련에 매진하고 있답니다."

"……."

천유하는 자신에게 구애하는 영수들이 아니라 예령공주를 선택했다.

즉, 천유하의 곁에서 그의 마음을 얻고자 했던 영수 여성들 전원이 실연당했다는 뜻이다.

"그랬군요."

"어디까지나 일족의 방침으로 시작된 혼담이었는지라 언니가 그렇게 진지하게 빠졌을 줄은 몰랐어요. 그런 영수가 언니 혼자만은 아니었다니 천 공자라는 분은 정말로 매력적인 분이시겠죠."

"음, 설화의 주인공처럼 사는 녀석이죠."

"언니 말로도 그런 분 같았어요. 실연당했는데도 나쁜 소리는 한 마디도 안 하더라구요."

화유는 생글생글 웃는 얼굴로 재잘거리다가 퍼뜩 뭔가를

깨달은 표정을 지었다.

"아 참, 내 정신 좀 봐. 죄송해요. 바쁜 분을 붙잡고 용건은 말하지 않고 쓸데없는 이야기나 하고 있었네요."

"저도 궁금해하던 이야기라 잘 들었습니다."

"그러지 마세요."

"네?"

"얼굴만 봐도 반할 것 같은데, 태도까지 그렇게 멋지시면 가슴이 막 쿵쾅거리잖아요."

"저는 임자가 있는 몸이니 그러시면 안 됩니다."

마곡정은 내심 식은땀을 흘리며 딱 선을 그었다. 그러자 화유가 깔깔거렸다.

"우훗. 그거참 많은 사람을 아쉽게 할 사정이네요. 하지만 걱정 마세요. 저는 장래를 약속한 남자가 있거든요. 그분에게 홀딱 반해 있답니다."

"그거참… 다행이군요."

"제가 찾아온 용건도 그거랍니다."

"음?"

"여기 척마대주 백건익 님이 제가 연모하는 분이거든요. 그분의 곁에서 마음을 얻어서 혼인하려고 왔어요."

화유는 부끄러운 듯 얼굴을 살포시 붉히며 몸을 배배 꼬았다. 그 모습을 멍청하니 보던 마곡정은 자기도 모르게 한 가지를 물었다.

"혹시 화 소저께서는 나이가 어떻게 되십니까?"

"올해로 열여섯 살이랍니다."

"……."

"왜 그런 눈으로 보시나요? 인간들의 기준으로도 성년이 지난 나이이니 충분히 혼인할 수 있는걸요?"

"아, 뭐… 그렇기는 하지요."

열다섯 살에 성인식을 치르는 하운국의 풍습상 그녀는 충분히 혼인할 수 있는 나이이기는 하다. 문제는 그녀가 겉으로는 열서너 살 정도로밖에 안 보이는 데다가 백건익은 그녀보다 25살 연상이라는 것이지만.

마곡정은 애매하게 웃으며 생각했다.

'어휴, 진짜 빼도 박도 못하고 도둑놈이네, 도둑놈.'

화유는 마곡정의 속내를 전혀 짐작하지 못하고 자기 이야기를 재잘거렸다.

그녀가 백건익에게 반하게 된 계기는 정석적이었다. 어린 시절 모험심으로 백령회의 영역 밖으로 나갔다가 요괴의 먹이가 될 뻔한 그녀를 백건익이 구해주었던 것이다.

"다음 날 곧바로 백 대협께 당신의 아이를 낳고 싶다고 고백했더니 못 들을 소리를 들었다는 표정을 지으면서 도망가시더라구요. 그때는 좀 상처받았는데, 마을의 인간분들에게 이야기를 들어보니 인간들에게는 당연한 반응이었다는 걸 알았어요."

"음……. 그, 그렇죠."

마곡정이 식은땀을 흘렸다. 그는 인간 사회와 동떨어져 사는 영수들의 상식이 인간과는 다르다는 것을 아주 잘 알고 있었다. 그에게 '형, 형' 거리는 청안설표 일족의 아이들만 해도 열 살도 되기 전에 자식을 보기도 했으니까.

하지만 역시 인간 소녀의 모습을 한, 스스로를 열여섯 살이라고 하는 이가 여섯 살 때 그런 고백을 한 상황을 상상해 보면 충격적이다. 살짝 백건익을 동정하는 마음이 들었다.

'하지만 그건 그거고, 도둑놈은 도둑놈이지.'

그 사실은 번개처럼 빠르게 총단의 모두에게 퍼져 나갔지만 용무문과의 협동작전을 위해 해룡성에 가 있는 백건익은 이 사실을 알 길이 없었다.

2

화유가 총단의 화젯거리가 된 기간은 그리 길지는 않았다. 그녀가 총단에 오래 머무르지 않았기 때문이다.

백건익이 해룡성으로 향했다는 것을 알게 된 그녀는 곧바로 그 뒤를 쫓아가고자 했다. 손님으로 대접받으면서 기다리면 돌아올 텐데 왜 굳이 위험을 무릅쓰냐는 마곡정의 질문에 그녀는 당차게 웃었다.

"이제야 백 대협을 포기하게 만들었는걸요."

"네? 포기하다니요?"

"10년 동안이나 '너무 어려서 안 된다, 좀 컸지만 여전히 어린애라서 안 된다……' 그런 소리만 하시던 분이 거절하기도 지쳐서 '보내든가 말든가 마음대로 해라. 하지만 보살필 사람 꼭 같이 보내라'라고 했어요. 여기서 고삐를 느슨하게 했다가는 또 안 된다고 버틸지도 모른단 말이에요. 이쯤 되면 백령회와의 관계를 생각해서 그냥 받아야 하나, 그런 마음의 틈새가 있을 때 확정을 지어야지요."

"……."

"그리고 세상일은 어떻게 될지 모르잖아요. 여기서 기다리는 동안 백 대협이 해룡성에서 좋은 인연이라도 만나면 어떡해요? 갑자기 마음이 확 꽂히는 그런 여성이라도 만난다면… 아아, 상상만으로도 끔찍해요. 그 전에 확 잡아버릴 거예요."

마곡정은 용무문과의 협동작전에 인원을 증원해 준다는 명목으로 그녀를 호위할 인원을 딸려주면서 생각했다.

'역시 영수의 사랑은 무서워…….'

특무대 창설 이후 전쟁처럼 바빴던 형운은 시간이 지나자 조금씩 숨통이 트이기 시작했다.

물론 특무대에서 담당하는 일들은 대부분 현재진행형이다. 그래도 일단 틀을 잡아놓고 나니 형운이 일일이 신경 쓸 일은 상당히 줄어들었다.

형운은 그렇게 생긴 시간을 두 사람에게 투자했다. 한 명은 당연히 가려였고, 다른 한 명은 귀혁이었다.

지하 연무장에서 귀혁과 한참 수련을 하고는 휴식을 취하던 중 형운이 물었다.

"다른 애들은 요즘 어때요?"

"네 사제들 일 아니냐?"

"제가 요즘 너무 바빠서 사제들이 뭐 하는지도 모르고 삽니다. 어휴, 이러다가 무공 다 까먹고 책상물림 되는 거 아닌가 싶었다니까요."

형운이 너스레를 떨었다.

정말이지 격무에 치여서 무공 수련 할 시간도 없는 나날이었다. 일월성신인 형운이기에 망정이지, 다른 사람이었으면 기초적인 운기행공조차 매일매일 하지 못해서 기량이 퇴보하지 않았을까?

높은 자리로 간다는 것은 그런 것이다.

출세를 지향하면서도 무인으로서 기량을 계속 향상시키는 것은 대단히 어려운 일이다. 그리고 그것을 해내는 자들만이 더 위로 갈 수 있다.

"다들 뭐 하고 사는지야 알죠. 하지만 무공 진전이 어떤지 알기는 어려운 터라."

영성의 제자단 중에는 양우전과 강연진이 모두가 이름을 알 정도로 두각을 드러내었고 어경혼도 어느 정도 인정받는 위치였다. 그들에 비해 다른 일곱 명은 조용하고 무난한 행적을 이어가고 있었다.

형운은 이 사제들에 대해서 딱히 호의도 악의도 없었다. 인간적인 교류도 없고 업무적으로 얽힐 일도 없다 보니 관심을 갖기가 쉽지 않은 것이다. 형운이 그들에 대해서 알아보는 것은 사형제로서의 의무감을 따르고 있을 뿐이었다.

귀혁이 쓴웃음을 지었다.

"네가 짐작하는 대로일 게다. 다들 고만고만하지. 몇몇 녀석은 정체되는 기미가 보여서 걱정이고."

무인의 기량은 시간이 흐른다고 해서, 노력한다고 해서 늘어나는 것이 아니다.

아무리 열심히 노력해도 눈앞에 있는 벽을 넘지 못하고 정체되는 사람이 있다.

부상을 비롯한 여러 요인으로 오히려 퇴보하는 사람들도 있다.

사람들은 남들보다 빠르게 진보하는 사람만을 특별하게 여기는 경향이 있다. 하지만 무인의 세계에서는 시간이 흐름 속에서 꾸준히 진보하길 멈추지 않는 사람 또한 특별한 것이다.

영성의 제자단은 다들 오성의 제자다운 뛰어난 기량을 지녔다. 동년배 무인들 중에는 확실히 강한 편이다.

하지만 바꿔 말하자면 딱 그 정도에 머무르고 있다는 소리다. 양우전, 강연진, 어경혼을 제외하면 그 이상을 해내고 있는 이가 없다.

그렇다고 해서 그들이 게으르단 뜻은 아니다.

분명 의욕을 잃은 녀석도 있다. 눈에 띄게 앞서가는 이들을 보며 좌절한 녀석도 있다.

그래도 꾸준히 귀혁의 가르침에 따라서 노력하는 녀석들이 다수다.

"나는 그 아이들에게 가야 할 길을 제시해 주었다. 지금은 뒤처진 듯 보여도 10년 후에는 알 수 없지."

"그렇겠지요."

앞서가는 경쟁자보다 느린 것처럼 보여도 멈추지 않고 꾸준히 가다 보면 같은 곳에 서 있을 수 있다. 무인의 기량이랑 그렇듯 알 수 없는 것이다.

귀혁이 말했다.

"그럼 다시 해보자꾸나."

"예."

두 사람은 다시 수련을 시작했다.

다른 이가 보았다면 기이하다고 여길 광경이었다.

이제 더 이상 두 사람은 일방적으로 한쪽은 가르치고, 한쪽은 배우는 관계가 아니었다.

형운과 귀혁은 서로에게 귀중한 훈련 상대였다. 또한 서로가 미숙한 부분을 채워줄 수 있는 배움의 대상이기도 했다. 형운은 귀혁에게 무인으로서의 기술을 배웠고, 귀혁은 형운의 신안을 모방한 능력의 본질과 활용법에 대해서 배웠다.

그리고 서로가 성취한 것을 배우는 걸 넘어, 함께 그 이상의 것을 추구했다.

그것은 다른 누구도 대신할 수 없는 일이었다. 사제의 연을 맺은 지 14년 동안 서로에 대해서 누구보다도 속속들이 알게 된 두 사람이기에 그럴 수 있었다.

형운은 번뜩이는 영감과 창의적인 발상이 부족하다. 두 사람이 서로를 향상시키는 과정에서 그 두 가지는 귀혁의 몫이었다.

하지만 대신 형운에게는 남은 상상조차 하지 못할 경험들이 있었다. 단련하는 것만으로는 절대 만들어낼 수 없는 육신이, 그 육신을 가진 자만이 알 수 있는 고유한 감각이 있었다.

형운의 협력이 없었다면 귀혁은 지금의 경지를 이룰 수 없었으리라. 일월성신의 눈을 모방해 낸 것도, 내공 10심의 경지를 이룬 것도 형운이 있었기에 가능했다.

그리고 두 사람의 협력 성과는 귀혁이 지금의 성취를 이루면서 극적으로 증폭되었다.

형운과 귀혁은 서로를 '보았다'.

상대를 들여다보면 자신도 상대에게 들여다보인다. 자신을 들여다보는 것을 거리끼지 않는 상대와 서로를 보는 것을 통해 많은 것을 얻었다.

자신을 들여다보려는 자를 신안으로 볼 때의 감각은 그런 인과 없이 보기만 할 때와는 다르다. 상대와 내면이 연결되어서 깊숙한 곳까지 보게 된다.

이제 형운과 귀혁은 이 현상을 적극적으로 활용하고 있었다.

말로는 설명하기 어려운 감각마저도 이 현상을 이용하면 전할 수 있다.

그로 인해 두 사제의 가르침과 배움은 완전히 다른 국면으로 접어들었다.

4

7월 중순쯤 되자 하운국 별의 수호자 총단에는 외부의 손님들이 다수 모여들었다.

외부인이 방문하는 것 자체는 놀라울 게 없다. 하지만 그 손님들의 면면은 화젯거리가 되기에 충분했다.

척마대와 인연이 있는 명문정파의 인물들이 하나둘씩 방문하기 시작했는데, 머나먼 설산에서 찾아와 준 손님들도 있었다.

"환영합니다, 진 문주님. 와주셔서 정말 감사합니다."

강호에서 빙백검봉이라 불리는 백야문주 진예가 네 명의 일행과 함께 찾아왔다.

"축하드려요, 마 공자님."

마곡정과 예은의 혼인식에 하객으로 참석하기 위해서였다.

형운만큼은 아니었지만 마곡정도 그간 척마대 부대주로 활동하면서 방대한 인맥을 쌓았다. 혼인 준비를 일찌감치 하면서도 서신 배달을 업으로 삼는 새 영수들에게 의뢰까지 하여 청첩장을 빠르게 보낸 것은 먼 곳에 사는 이들에 대한 배려였다.

하지만 그렇게 했어도 물리적인 여건상 참석하지 못하는 이들이 많아서 대부분은 축문을 보내는 것으로 예의를 다할 것이다. 그러니 진예가 설산부터 먼 길을 온 것은 정말 놀라운 일이었다.

특히 마곡정은 백야문의 상황을 알기에 감격을 금할 수 없었다. 아직도 내실을 다지느라 정신이 없을 텐데 문주인 그녀가 직접 참석해 주다니…….

"하이고, 여기까지 올수록 힘들더구나. 여기는 많이 힘들군."

푸른 눈의 중년 남자가 너스레를 떨었다.

진예는 네 명의 일행을 대동했지만 그중에서 그녀를 수행하는 백야문도는 세 명뿐이었다. 너스레를 떠는 남자는 청안설표 일족의 장로였다.

"어르신, 너무 무리하시는 거 아닙니까? 굳이 힘들게 오시지 않았어도 나중에 제가 찾아뵈었을 텐데……."

마곡정은 그리 말하며 빙백무극지경의 권능을 사용했다. 그러자 힘들어하던 중년 남자의 몸에서 열기가 빠져나가며 상태가 눈에 띄게 좋아졌다.

"이놈아, 그래도 어떻게 한 명도 안 올 수가 있느냐? 무리하는 거 알았으면 설산 가까운 데서 하든가!"

설산에 뿌리를 둔 청안설표 일족은 그곳을 떠나서는 살기 힘든 존재들이었다. 그들만이 아니라 설산의 영수들은 대부분 그렇다. 인간이 살기 좋은 따스한 기후가 그들에게는 혹독

한 지옥이나 다름없었다.

청륜이 마곡정과 합일한 후, 청안설표 일족의 어르신들은 설경의 영육과 내단을 취하면서 대폭 영력이 강해졌다. 그래도 익숙지 않은 인간의 모습으로 둔갑한 채로 설운성을 벗어나 7월의 진해성까지 오는 것은 심신을 혹사하는 고행이었다.

마곡정은 혈족으로서 자신의 혼인식에 참석해 주겠다고 그런 고행을 자처한 청우가 너무나 고마웠다.

"미리 시원한 방을 준비해 두었습니다. 넓은 곳이니 본신으로 계셔도 될 겁니다. 식사도 입맛에 맞으실 것으로 준비하도록 했는데, 혹시 인간의 음식을 먹고 싶어지면 언제든지 말씀만 하시고요."

"허어……."

"왜 그러십니까?"

"아니, 네가 참 어른이 되긴 됐구나 싶어서 그런다."

"그러니까 혼인하는 거 아니겠습니까."

마곡정은 당당하게 말하며 웃었다.

5

진예가 찾아왔다는 소식을 들은 형운은 그날 업무를 마치는 대로 그녀와 한번 볼 자리를 마련했다.

"오랜만이에요."

"건강한 모습으로 다시 보게 되어 반갑습니다. 그런데 이렇게 자리를 비우셔도 괜찮습니까?"

"혼마 선배님께서 많이 도와주신 덕분에 어느 정도 안정이 되었어요. 제 빈자리는 주 사저가 대신해 주고 있고요."

문득 진예가 아련한 눈으로 허공을 올려다보며 말했다.

"생각해 보면 고작 1년 반이 지났을 뿐인데… 훨씬 오래전의 일인 것처럼 느껴지네요."

설산의 마지막 신화, 성하와 싸워 물리쳤던 그 일은 불과 1년 반 전의 일이다. 그런데 이렇게 다시 형운과 마주하고 있노라니 10년은 지난 것 같은 아스라한 기분이 들었다. 그러면서도 떠나간 사람들의 빈자리는 선명하게만 느껴지니 참으로 신기한 일이다.

"그렇군요."

형운도 그녀의 말에 공감했다.

눈앞의 진예의 외모는 그때나 지금이나 변함없이 어린 소녀처럼 보일 뿐이다. 하지만 문주가 되어 무거운 책무를 진 그녀에게는 이전과는 다른 위엄이 감돌고 있었다. 그것은 분명 무공과도 연관이 있으리라.

형운이 말했다.

"큰 성취가 있으셨던 것 같군요."

"조사님의 유산 덕분이에요."

진예는 부정하지 않았다.

백야의 신검을 들고 싸웠던 경험은 그녀를 폭발적으로 성장시키는 양분이 되어주었다. 성운의 기재인 그녀는 신기를 통해 드높은 경지를 엿봄으로써 성장 단계를 극적으로 단축했던 것이다.

훗날 백야문이 회복을 마치고 강호 활동을 재개하면 사람들은 알게 될 것이다. 진예가 설산검후의 이름을 이어받기에 부족함 없는 무공의 소유자라는 것을.

6

전국 각지에서 마곡정과 예은의 혼인식에 참석하는 하객들이 모여드는 가운데, 그중에는 일존구객의 일원으로 불리는 유성검룡 천유하도 있었다.

천두산 사태로 한층 명성을 드높인 그는 다섯 명의 일행과 함께 찾아왔다. 일야문의 제자인 은수와 은우, 그리고…….

"오랜만입니다, 예령공주님."

"이제는 황족의 의무와 함께 버린 신분이다. 편하게 예령이라 불러주면 좋겠군."

"그건 좀……. 그럼 자 소저라고 불러도 되겠습니까?"

"물론이다, 선풍권룡."

예령공주, 아니, 자예령이었다.

그녀의 모습은 형운이 마지막으로 봤을 때와 같았다. 투명한 백발도, 그늘진 곳의 눈처럼 옅은 푸른 눈동자도 운룡족의 그것을 닮았다.

그래서일까, 활기차게 웃고 있는데도 금방이라도 스러질 것처럼 덧없는 느낌이 든다.

"이렇게 다시 만나게 되었으니 그때 못 한 말을 해야겠군. 내게 시간을 주어서 고맙다."

예령이 정중하게 고개를 숙여 인사했다.

황제가 아닌 자에게 고개를 숙인다. 그것은 황족의 법도가 허락하지 않는 일이다. 이 사회에서 황손이 갖는 의미는 그들이 타인에게 고개를 숙이는 것을 용서하지 않았으니까.

하지만 황족의 의무와 권리를 모두 포기하고 자예령이라는 개인으로 살아가기로 한 그녀는 그럴 수 있었다. 형운에게 고개 숙여 감사하는 이 행동은 그녀의 결의가 얼마나 진실되었는지를 보여주었다.

당황한 형운에게 그녀는 환하게 웃으며 말했다.

"그대들 덕분에 유하와 함께할 수 있었다. 만 번을 감사해도 부족하겠구나."

"이야기는 들었습니다. 축하드립니다."

"…어떻게 알았어?"

천유하가 당황했다.

이곳에 오기 전까지 천유하는 그 사실을 형운에게 전한 바 없었다. 서신으로 전할 이야기는 아니라고 생각했기 때문이다.

그런데 형운이 알고 있었을 줄이야?

"뒷조사를 하거나 한 건 아냐. 얼마 전에 여기 백령회에서 화유라는 분이 오셨거든. 화음 님의 동생분이야."

"아……."

천유하는 그 대답만으로도 자초지종을 짐작할 수 있었다.

형운이 물었다.

"그런데 가 위사님께서는 어떻게……."

천유하 일행의 나머지 한 명은 예령공주의 직속 위사였던 거인 가염이었다.

가염이 말했다.

"이제는 위사가 아니오. 공주님께서 황궁을 나오실 때 사직하고 나왔지."

"공주가 아니라고 하지 않았느냐?"

"공주님 보필하겠다고 위사도 그만두고 나온 겁니다. 공주님이라고 부르는 게 마음이 편하니 계속 공주님이라고 부를 겁니다."

"말로는 상전으로 받들어 모시는데, 참으로 말뿐이다. 이것만 봐도 알 수 있지 않은가?"

예령이 농담을 던지며 웃었다.

"가염은 일야문의 식객이니라. 문도가 되자니 어린애들 밑으로 들어가긴 또 애매한지라."

"저야 공주님의 호위무사지요. 봉급도 착실하게 받고 있잖습니까?"

"몇 푼이나 된다고 그러느냐?"

"위사 때 받는 봉급만큼 받고 있으니 됐습니다."

황실 위사 봉급은 절대 적은 금액이 아니다. 예령은 황궁을 나올 때 충분한 금전을 챙겨 나왔고, 왕자, 공주들이 혹시라도 생활에 부족함이 있을까 봐 걱정하면서 슬쩍 보내준 돈이 또 눈이 튀어나올 정도의 거금이었다.

"가염 님은 뛰어난 무인이다. 대련할 때마다 실력의 깊이에 탄복하고는 하지."

그렇게 말하며 웃은 여성은 수련산의 남방산군 허화였다.

형운은 그녀가 천유하와 함께 온 것이 의외였다. 화음이 일야문을 떠나 백령회로 돌아갔다고 하니 다른 영수들도, 정확히는 천유하에게 구애하던 여성 영수들은 모두 돌아갔을 것이라고 생각했기 때문이다.

당연히 곰 영수 수우도 돌아갔을 것이고, 그러면 그녀의 보호자인 허화도 떠났어야 하지 않았을까?

형운의 표정을 본 허화가 입을 열었다.

"수우는 수련산으로 돌아갔다. 나는 수련산과는 상관없이 개인적으로 일야문에 머무르고 있는 중이고."

그녀는 살짝 아쉬움을 드러내며 웃었다.

천유하가 예령의 마음을 받아들여 맺어지자 실연한 다섯 영수는 눈물을 흘리며 일야문을 떠났다.

백령회의 호랑이 영수 화음은 애써 의연한 척하며 두 사람을 축하해 주었다고 했다. 화유의 말을 들어보니 백령회로 돌아가서도 실연의 상처에 시달리고 있는 것 같았지만 말이다.

여우 영수 요서는 땅이 꺼져라 탄식하더니 천유하의 만수무강을 빌며 떠났다.

살쾡이 영수 초련은 어린애처럼 울고불고 날뛰면서 솔직하게 감정을 표출하고는 떠나갔다.

학 영수 려하는 충격을 받고 눈물을 흘리더니, 다음 날 마지막 선물로 천유하와 예령을 위한 한 쌍의 옷만 남겨두고는 사라졌다.

곰 영수 수우는 그래도 남아 있고 싶다고 떼를 쓰며 버티다가 수련산에서 온 영수들에게 붙잡혀서 끌려가고 말았다.

"안 그런 척했지만 수우도 상처받았거든. 남아 있어 봤자 서로 좋지 않을 것 같았다."

"죄송합니다."

유하는 다시금 그때의 일들을 떠올리고는 한숨을 쉬었다. 허화가 그의 등을 탕탕 치며 웃었다.

"그러지 마라. 유하 님은 그저 한 사람에게 마음을 주었을 뿐이다. 그건 잘못이 아니지."

"그렇고말고! 역시 허화 님은 참 좋은 말씀을 하시는 분이다."

예령이 냉큼 끼어들자 천유하와 허화는 어색하게 웃고 말았다.

형운은 천유하와 예령을 보며 푸근하게 웃었다.

운룡족에게 받을 포상으로 수명을 복구시켰다고는 하나 예령의 수명은 평범한 사람처럼 길지는 않을 것이다. 그녀를 볼 때마다 덧없이 스러질 것 같은 위태위태함이 느껴지는 것은 그 때문이리라.

천유하도, 예령도 그런 운명을 알고 있다. 그래도 두 사람은 행복해 보였다. 예령이 가식 없이 즐겁게 웃고 있는 것을 보니 마음이 놓였다.

한동안 웃고 떠들며 대화를 나누던 중, 문득 허화가 생각난 듯 말했다.

"아, 그렇지. 형운 님, 한 가지 부탁을 하고 싶은데 괜찮겠는가?"

"무슨 부탁입니까?"

"내가 이번에 방문한 것은 물론 마 공자의 혼인식에 참석하기 위함이다. 그런데 가는 김에 겸사겸사 한 가지 일 좀 하고 오라는 지시가 떨어져서 말이다."

허화는 내키지 않는 표정으로 말을 이었다.

"별의 수호자에서 영수상회라는 조직이 운영되고 있다고 들었다. 영수를 위한 비약을 취급한다는 이야기가 들려서, 정말이라면 우리 쪽도 거래를 트고 싶군. 이것은 수련산의 공식 입장이다."

"소식이 빠르시군요. 아직까지는 위진국 쪽에서만 운용되고 있습니다만……."

"영수 사회는 좁은 듯하면서 넓고, 넓은 듯하면서 좁은 곳이니 말이다. 때로는 이웃 나라에서 일어난 일이 옆집의 일처럼 가까이 들려오기도 하지. 특히 멀리 나는 새 영수들이 좀 소식을 퍼 나르기를 좋아하지 않는가?"

"그렇군요. 아직 하운국에서는 영수상회의 상품을 정식으로 다루고 있지 않습니다. 허화 님께서 부탁하시니 제가 한번 이야기를 해보지요."

"고맙다."

"별말씀을요."

영수상회는 아직 위진국에서도 판로를 뚫는 단계다. 위진국 본단에서 만든 영수용 비약은 수가 적고 물량도 제한적이라 거래가 가능할지는 형운도 확답할 수 없었다.

하지만 화성에게 이야기하면 섭섭하게 굴지는 않으리라. 지금은 몰라도 장래에는 영수상회의 사업을 하운국까지 확장할 생각일 테니까.

7

그날 밤, 형운은 천유하, 마곡정과 따로 자리를 마련하여 술자리를 가졌다.

"며칠 후면 네 혼인식이라니, 참석하러 먼 길을 왔는데도 좀처럼 실감이 안 나는군."

천유하가 마곡정에게 술잔을 건네며 말했다. 그러자 복잡한 표정을 짓고 있던 마곡정이 단번에 술잔을 비웠다.

"크으, 장본인인 나도 실감이 안 나는데 너는 오죽하겠냐?"

"그래?"

"각지에서 하객들이 와주고, 혼인식 일자가 하루하루 다가오는데… 그래서 정신없이 준비하고 있는데도 실감이 안 나. 마치 남의 일을 준비하는 것 같아서 당황스럽단 말씀이야."

마치 자각몽을 꾸는 기분이다. 이렇게 열심히 하루하루를 준비에 쓰며 살아가는데, 정작 혼인식 당일이 되면 이 모든 게 다 꿈이었다는 사실을 깨닫게 되는 것은 아닐까? 자꾸만 그런 허무맹랑한 생각이 들었다.

"예은이를 못 봐서 더 그런 것 같아."

하운국의, 정확히는 진해성의 혼례는 그런 식이었다. 혼례를 치르기 9일 전부터 신랑과 신부는 서로 떨어져서 약속의 날을 기다린다.

그 전까지만 해도 두 사람은 함께 분주했다. 하객들을 어떻게 대접할지, 혼인식 날 어떤 음식을 차릴지 함께 궁리해 왔다.

그런데 갑자기 전통에 따라서 서로 얼굴을 보지도 못하는 며칠이 계속되다 보니 뭐라고 형언할 수 없는 기분이 마곡정을 사로잡았다.

문득 그가 물었다.

"유하, 너는… 어떡할 거냐?"

"뭘?"

"알면서 뭘 모르는 척 물어봐?"

"음……."

마곡정의 추궁에 천유하가 난처한 듯 웃었다. 그러더니 술을 털어 넣고 말했다.

"나는 당장에라도 하고 싶지."

"하면 되잖아?"

"근데 그게 좀… 당장 하고 싶으니까 바로 하면 되는 그런 문제는 아니라서."

천유하는 예령과의 혼인을 이야기하고 있었다.

두 사람은 서로의 마음을 확인하고 맺어졌다. 그것으로 충분할지도 모른다.

하지만 천유하는 설령 예령의 수명이 내일로 끝난다고 하더라도 그녀와 혼례를 치르고 싶었다. 자신과 그녀가 서로 사랑했음을 누구나 알 수 있는 형태로 만들고 싶었다.

하지만 혼인은 남녀 두 사람만의 문제가 아니다. 두 사람이 맺어졌을 확인하는 의식인 동시에 두 가문이 혈연을 맺었음을 확인하는 의식이기도 했다.

"예령은 황손으로서의 의무를 내려놓았지. 황손으로서의 권리도 포기하였고, 황제 폐하께서도 윤허하셨으니 소박하게 혼례를 치러도 황실과는 관련이 없어. 공식적으로는 말이지."

하지만 황족들도 사람이다. 그리고 사람 마음이 어디 그런가. 미워서 내친 것도 아닌데, 지금도 눈에 넣어도 아프지 않을 정도로 사랑하는데 그냥 두고 볼 수가 있겠는가?

"혼인은 경사스러운 일이어야 하잖아, 모두에게."

가족과의 사이가 소원하다면 또 모른다. 하지만 예령의 혈족들은 모두 그녀를 사랑하고 있었고, 그녀가 황손으로서의 의무와 권리를 내려놓고 천유하와 맺어진 것을 고깝게 여기지도 않았다.

그래서 천유하와 예령은 그들을 설득하고 있었다. 두 사람이 바라는 행복이 무엇인지를. 황족인 그들이 보기에는 부족해 보이고, 아쉬워 보일지언정 그것이 올바른 일이라는 것을.

"그래도 길게 끌지는 않을 거야."

"한 잔 더 받아라."

마곡정이 그에게 술을 따라주고는 잔을 부딪치며 씩 웃었다.

"자식, 오늘은 좀 멋있는데?"

"……."

"왜 그러냐? 할 말 있으면 하지 왜 입만 오물거려?"

"아니, 여기서 네가 전에 했던 말을 좀 따라 해보려고 했는데… 도저히 안 되겠다. 새삼 너의 대단함을 느끼게 되는군. 어떻게 그런 말을 뻔뻔하게 할 수 있지?"

"뭣이 어째?"

마곡정이 눈꼬리를 치켜 올렸다. 하지만 입은 웃고 있었다.

형운은 그런 두 사람을 보며 푸근하게 웃었다.

"야, 형운. 넌 무슨 혼자 상관없는 척하고 있냐? 넌 어쩔 거야? 가 무사랑."

자신에게 화살이 향하기 전까지만 말이다.

"아, 아니… 난 아직 그런 이야기까지 하기에는 좀…….."

쩔쩔매는 형운을 마곡정과 천유하가 몰아붙이면서 밤이 깊어갔다.

8

화창한 날이었다.

푸른 하늘 아래, 총단의 연회장 중 하나로 많은 이가 모여들었다.

그들의 면면은 화려했다.

장로들 중에서도 가장 거물인 이정운 장로와 운중산 장로를 비롯해서 여섯 명의 장로가 참석했다.

그리고 영성 귀혁과 풍성 초후적, 지성 위지혁까지 오성 중세 명이 참석했다.

특무대주인 형운, 음공원주 서하령, 외검대주인 오량 등등… 별의 수호자 내에서 기라성 같은 명성을 지닌 이들이 모이니 행사 진행자들의 긴장감은 하늘을 찌를 정도였다.

그들뿐만이 아니다.

외부에서도 쟁쟁한 인물들이 참석해 주었다.

백야문주인 진예와 일존구객의 일원인 유성검룡 천유하, 얼마 전까지는 황족의 일원으로 예령공주라 불렸던 자예령.

이런 거물들이 모인 이유는 행사의 주인공인 두 사람의 경사를 축하하기 위해서였다.

마곡정과 예은이 혼인하는 날이었다.

평소에는 별의 수호자라는 거대 조직의 주도권을 두고 다투는 정적들조차도 이날은 적대감을 접어두고 순수하게 두 사람을 축복하고자 참석해 주었다.

"예상은 했지만 정말 으리으리한 혼인식이 되었네."

하객들의 면면이 워낙 화려하다 보니 소박한 혼인식은 도저히 무리였다. 가장 큰 연회장을 빌렸고, 수많은 전문가가 최고로 공을 들인 혼인식이 준비되었다.

"곡정이 저놈, 완전 나무 인형이구만. 뻣뻣한 거 좀 봐."

"그러게. 직전에도 아예 실감을 못 하는 모습이더니만."

형운과 서하령이 쿡쿡 웃었다.

하운국의 전통 혼례는 천으로 얼굴을 가린 신랑과 신부가 서로 반대편에서 동시에 입장한다. 정숙한 분위기 속에서 신랑은 은실로 장식한 청색의 길을 따라서, 신부는 은실로 장식한 백색의 길을 따라서 식장의 중앙으로 걸어오는데 이때 두 사람이 만나는 지점까지 오는 걸음 속도는 완전히 똑같이 맞추도록 되어 있었다.

마곡정은 청색 천으로 얼굴을 가리고 있었지만 움직임이 뻣뻣한 게 저러다 다리가 꼬여서 넘어지는 것은 아닐까 걱정될 지경이었다. 심상경의 고수가 긴장 때문에 다리가 꼬여 넘어진다니, 농담으로도 받아들여지지 않을 소리였지만 정말로 그런 일이 벌어질까 우려되었다.

그렇게 위태위태하게 보조를 맞추어 서로에게 다가가던 두 사람이 정해진 지점에서 만났다. 그리고 축문을 읊고, 음악이 연주되는 가운데 두 사람이 맞절을 하고는 서로에게 손을 뻗었다. 얼굴을 가리던 천이 동시에 떨어져 내리면서 신랑과 신부는 9일 만에 서로의 얼굴을 보고 넋을 잃는다.

수도 없이 봐서 익숙한 얼굴이었다.

일상에서의 얼굴을 보았다. 직장에서의 얼굴을 보았다. 나들이를 위해 꾸미고 나온 얼굴을 보았다. 밤에 잠들 때의 얼굴을, 아침에 깨어났을 때의 얼굴도 보았다.

그런데도 왜 이렇게 눈을 뗄 수가 없을까.

두 사람은 똑같은 의문에 사로잡힌 채 홀린 듯이 서로를 바라보았다.

혼례 복장으로 꾸미고 나와서만은 아닐 것이다. 마곡정은 천상에서 내려온 것처럼 근사했고 예은은 그 어느 때보다도 아름다웠지만, 그것만으로는 설명할 수 없는 무언가가 두 사람의 시선을 붙잡아놓았다.

짝!

진행을 알리는 손뼉 소리가 서로의 얼굴에 취해 있던 두 사람을 정신 차리게 했다.

두 사람이 운룡 사원의 승려가 축복한 술잔을 주고받고 비우자 양측에서 모신 어른이 나와서 두 사람의 앞날을 축하하는 말을 읊었다.

마곡정 측은 풍성 초후적이 그 역할을 맡아주었다.

"좋은 날입니다."

초후적은 그렇게 운을 뗐다.

과묵하기로 유명한 초후적이었지만 이 자리에서는 철저한 준비를 거쳐서 흠잡을 데 없는 축문을 읊었다. 오량이 살짝 귀띔해 준 바로는 누군가에게 준비시킨 게 아니라 직접 며칠 동안 수도 없이 종이를 구겨 버리면서 준비했다고 한다.

'스승님.'

자신을 향한 스승의 말을 들으면서 마곡정은 왠지 울컥했다.

예전에 오량이 그에게 말한 적이 있었다. 자신에게는 아버지가 있지만 그보다 초후적이 더 아버지 같다고 느낀다고.

그때는 웃기만 했다. 하지만 공감하지 못해서가 아니라 왠지 쑥스러워서였다. 왠지 그때 오량이 한 말이 자신의 심정을 대변하는 것 같은 기분이 들었던 것이다.

초후적과 만났기에 지금의 자신이 있을 수 있었다.

일찌감치 부모를 잃은 마곡정에게 초후적은 어른인 자신이 책임진 아이에게 해줘야 할 모든 책임을 다해준 사람이었다. 무공을 가르쳐 주었고, 무인으로서의 자세를 가르쳐 주었고, 조직의 일원으로서 살아가는 법을 가르쳐 주었으며… 사람다움이 무엇인지도 가르쳐 주었다.

"예은아."

"응."

긴 듯 짧은 듯한 혼례 절차가 막바지에 이르자 마곡정이 예은의 손을 꼭 잡고 말했다.

"고마워."

"뭐가?"

"그냥… 지금까지 해준 것 전부 다."

이 사람과 함께하고 싶다.

처음 고백을 결심한 순간부터 그런 생각을 하고 있었다. 상대가 받아줄지 안 받아줄지도 모르면서 머릿속으로는 온갖 행복한 미래를 그렸던, 누구에게 말할 수 없는 부끄러운 기억.

하지만 진심이었다. 그날부터 지금까지 한 번도 그 마음 변해본 적이 없었다.

잠시 그를 바라보던 예은이 그의 손을 자신의 얼굴에다 가져다 대며 지그시 눈을 감았다.

"고마워."

"뭐가?"

"그렇게 말해줘서. 그리고 늘… 무사히 살아 돌아와 줘서."

어릴 때부터 시비로 일한 예은의 삶은 기다리고 준비하는 삶이었다.

신분 높은 누군가가 편안하게 생활할 수 있도록 하는 것이 그녀의 일이었다. 그 일은 종종 정신없이 바쁘기도, 자신이 받는 급료에 미안해질 정도로 한가하기도 한 양극단을 오갔다.

예은은 기다림에 익숙했다. 싸우는 것을 생업으로 삼은 무인의 무사함을 빌며 기다리는 것이 그녀의 삶이었다.

오랫동안 그 대상은 형운 한 사람이었다. 처음에는 시비로서 모시는 분이었던 그는 오랜 시간을 함께하는 동안 가족처럼 소중한 사람이 되었다. 그가 별의 수호자의 무인으로서 잘되기를 바랐고, 임무에 나서면 무사히 돌아오기를 빌었다.

마곡정 또한 그 대상이 된 것은 언제부터였을까?

분명 마곡정이 짐작하는 것보다는 훨씬 오래전부터일 것이다. 그저 그때는 자신의 손이 닿지 않는 존재라고 생각해서 마치 먼 곳의 아름다운 풍경을 바라보듯 동경했을 뿐.

그래서인 것 같았다. 이렇게 신랑 신부로 혼례를 올리면서도 이 모든 게 꿈이 아닐까, 깨고 나면 나 혼자 컴컴한 방 안에서 눈 뜨는 것은 아닐까 두려워지는 것은.

"예은아."

그런 불안감을 떠올린 순간, 마곡정이 힘차게 그녀의 손을 잡았다. 그의 손에서 느껴지는 온기가 말해주고 있었다. 이건 꿈이 아니라고. 두 사람이 함께 노력해서 맞이한 현실이라고.

"우리 행복하게 살자. 나, 열심히 할게. 일도, 너한테도."

자신을 바라보는 그의 푸른 눈동자가 너무 아름다워서, 예은은 잠시 넋을 잃고 있다가 웃음을 터뜨리고 말았다. 화창한 날에 어울리는 꽃다운 웃음이었다.

"응."

그날, 마곡정과 예은은 부부가 되었다.

제190장
눈부신 날들

성운을
먹는자

1

혼인식이 끝나자 하객들은 하나둘씩 총단을 떠났다.

가장 먼저 떠난 것은 백야문의 일행이었다.

진예가 백야문을 비운 것도 꽤나 무리한 것인지라 곧바로 떠나는 그들을 붙잡을 수 없었다. 마곡정은 그들이 돌아가는 길에 대해 최대한 편의를 봐주었다.

형운은 떠나는 진예를 붙잡고 말했다.

"진 문주, 혹시 나중에 백야문의 미래를 짊어질 만하다고 생각되는 인재가 생긴다면 한번 보내주시지요."

형운은 자신이 지닌 일월성단 중 하나를 백야문을 위해 쓸

것을 약속해 주었다.

그 말을 들은 진예는 놀란 표정으로 형운을 바라보다가 말했다.

"공자에게는 늘 신세만 지는군요."

"저는 설산에서 많은 것을 받았습니다."

형운과 설산은 예전부터 깊은 인연으로 맺어져 있었다. 설산을, 빙령을, 백야문을 빼고는 형운의 삶을 이야기할 수 없을 정도로.

객관적으로 보면 형운이 백야문에 부채감을 느낄 이유는 없을 것이다. 형운은 그들에게 아주 많은 것을 해주었으니까. 진예가 그의 호의에 당황스러워할 정도로.

그럼에도 형운은 힘들어하는 그들에게 무엇이라도 해주고 싶어 했다. 그것은 형운과 백야문이 힘든 일들을 함께 이겨낸 인연 때문만은 아닐 것이다. 분명······.

'유설 님.'

그의 안에서 함께 살아가는 유설이 바라기 때문이리라. 자신과 섞인 그녀의 일부가 그것으로 기뻐한다면 형운은 얼마든지 자신이 가진 것을 내줄 수 있었다.

"설산의 사람은 은혜도, 원한도 결코 잊지 않습니다. 백야문은 언젠가 반드시 공자에게 입은 은혜를 갚을 거예요."

진예는 진심을 담아 이야기했다. 잊지 않을 것이다. 그에게 받은 은혜 중 무엇 하나도.

언젠가 그가 도움을 필요로 하는 날이 온다면, 그러면 백야
문은 기꺼이 그를 위해 피를 흘리리라.

'그날은 머지않을 거야.'

빙령과의 교감 때문일까, 진예는 형운이 품은 결전의 예감
을 어렴풋하게나마 알 것 같았다.

풍령국에서 장대한 하나의 신화가 끝난 것처럼, 또 하나의
신화 역시 종국에 가까워졌다.

그들은 형운과도, 진예와도 돌이킬 수 없는 악의로 맺어진
자들이다. 이제 와서 용서도, 화해도, 타협도 불가능하며 서
로의 존재를 용인할 수 없는 적.

"사실……."

웃으며 그들을 배웅하던 형운이 진지한 표정으로 하늘을
올려다보았다.

"그런 날이 오지 않기를 바랍니다. 영원히."

"……."

"하지만 오겠지요. 아무리 오지 않기를 빌어도… 오고야
말겠지요. 지금까지 늘 그랬던 것처럼."

늘 그랬다. 싸움은 피하고 싶다고 피해지는 것이 아니었
다. 살아남기 위해서, 삶을 지키기 위해서는 싸울 수밖에 없
는 것이 무인의 숙명이었다.

형운은 그 숙명을 받아들였다. 무인으로서 살아가기를 선택하고, 자신의 목숨이 칼끝에 걸려 있음을 각오했다.

그래도 막상 이런 피할 수 없는 싸움을 예감할 때면 서글픔을 느낀다.

문득 천유하의 말이 떠올랐다.

'지금까지 험난하게 살아온 만큼 앞으로를 평탄하게 살아갈 수 있다면 좋겠지. 하지만 왠지 우리는 그런 삶을 허락받지 못한 존재들이 아닐까, 그런 생각을 지울 수 없군.'

정말로 자신의 운명이 그런 것만 같아서, 서글퍼지는 것은 어쩔 수가 없었다.

"다음에도 건강한 모습으로 뵙기를 기원하지요. 돌아가는 길 무탈하시길."

형운은 그런 속내를 갈무리하며 웃음으로 진예를 배웅했다.

그리고 그의 진심에 공감한 진예는 결전을 대비하여 마음속의 칼을 날카롭게 갈기 시작했다.

2

허화는 화성의 둘째 제자인 신소정을 통해서 영수상회와의 거래에 대해서 이야기하고는 곧바로 수련산으로 향했다.

하지만 그녀를 제외한 천유하 일행 네 사람은 한동안 총단에 머무르기로 했다. 형운이 기왕 먼 길을 왔으니 실리도 취하고 돌아가라고 제안했기 때문이다.

천유하는 영신단 연구 협력이라는 명목으로 귀혁, 서하령과 무공을 연구하는 시간을 보냈다.

하지만 그것은 온전히 영신단만을 연구하는 시간은 아니었다. 귀혁과 서하령이 진행하는, 영신단을 재현하기 위한 기초 연구는 거의 마무리 단계라서 천유하가 도움을 줄 만한 사항이 별로 없었기 때문이다.

형운은 귀혁에게 천유하가 일야문의 무공에 대해서 고민하는 부분에 도움을 달라고 부탁했고, 귀혁도 흔쾌히 허락했다. 이 건에 대해서는 이미 도움을 준 바 있었기에 그 후로 천유하가 홀로 연구한 성과가 어떤지 궁금했던 것이다.

천유하는 오후에는 귀혁, 서하령과의 일에 응했고, 오전과 저녁에는 예령이나 제자들과 함께 시간을 보냈다.

짬이 날 때마다 그들을 찾아가던 형운은 천유하와 예령이 함께 시간을 보내는 방법을 보고 웃었다.

"누가 무인 부부 아니랄까 봐, 참……."

예령은 천유하에게 무공을 배우고 있었다.

그녀는 이미 황실에서 전폭적인 지원을 받으며 고수 소리를 들을 정도로 연마한 몸이다. 하지만 그녀는 마치 걸음마를 다시 배우듯 천유하에게 일야문의 무공을 처음부터 배우고 있었다.

무인으로서는 어리석기 짝이 없는 선택이다. 분명 일야문의 무공은 신공절학이라고 불릴 만한 것이지만 예령이 연마한 무공 또한 그러했으니까.

살다 보면 때로는 더 높이 가기 위해 뒤로 물러나야 할 때도 있다. 멀리 돌아가는 길을 선택해야 할 때도 있다.

하지만 예령의 선택은 그런 것도 아니었다. 길지 않을 수명을 생각하면 남은 생애 동안 약해지고, 미숙해지는 것을 선택한 것이나 다름없다.

그럼에도 예령은 망설이지 않았다. 그녀가 일야문의 무공을 배우는 것은 강해지기 위해서가 아니었으니까.

그녀에게는 무인으로서 더 높은 경지로 향하고자 하는 욕망 같은 것은 없었다. 모든 것을 내려놓은 지금이라서가 아니라 처음부터 그랬다. 그녀는 천유하를 향한 마음으로 무인의 길을 선택했고, 마침내 그와 맺어진 지금은 그와 공유할 것을 바랐을 뿐이다.

심법부터 시작해서 모든 것을 처음부터 배우는 것은 더없이 힘들고 짜증스러운 일일 것이다. 능숙하게 하던 것을 못하게 된다는 것, 자신이 자연스럽게 하던 모든 것이 부자연스러워지는 경험은 악몽과도 같다.

그것은 백지 상태에서 무공을 익히는 것보다 훨씬 어려운 작업이었다. 비유하자면 뛰어난 오른손잡이 장인이 오른손을 잃고 왼손잡이가 되었을 때의 상황과 비슷할 것이다.

그래도 예령은 행복해 보였다.

그 과정에서 발생하는 모든 감정을 천유하와 공유할 수 있다는 것만으로도, 그녀는 그 어느 때보다도 즐거워하고 있었다.

형운은 그 광경이 너무나 눈부셔서 푸근하게 미소 지었다.

3

"그 아이는 참 좋은 스승이더구나."

귀혁은 천유하를 높이 평가했다.

성운의 기재인 천유하는 실로 천부적인 재능과 감각의 소유자였다. 하지만 그의 뛰어난 점은 거기서 그치지 않는다.

그는 천재의 감각에 갇혀 있지 않았다.

그것은 조검문에서 얻은 경험 덕분이리라. 그는 보통 사람의 감각을 알았다. 그래서 재능 없는 자의 어려움을 상상할 수 있었고, 자신에게는 당연한 것을 어려워하는 이들을 어떻게 지도할지에 대해서 올바른 답을 찾을 수 있었다.

"조검문에서 조언을 구하기야 했겠지만, 그래도 거의 모든 것을 혼자서 해내야 했겠지."

일야문의 무공은 재능을 요구하는 부분이 많아서 문턱이 높다.

하지만 천유하는 제자들에게 재능을 요구하는 대신, 재능이 부족해도 익힐 수 있는 방법을 연구했다. 그는 난제가 닥쳤을 때 외부 요인 탓을 하며 도피하는 대신 스스로의 내면에서 답을 찾는 의지를 가진 사람이었다.

귀혁은 천유하의 그런 점이 마음에 들었다. 그래서 무학자로서, 형운을 시작으로 열한 명의 제자를 키워낸 스승으로서 아낌없이 조언을 해주었다.

천유하가 필요로 하던 것, 문파의 무공을 통달한 고수가 여럿 있어야만 가능했던 연구 활동의 경험치를 채워주었다.

기간은 짧지만 천유하가 얻는 것은 결코 적지 않을 것이다. 그는 성운의 기재이니까.

4

신랑 신부가 부부가 되는 과정은 혼인식을 마쳤다고 해서 끝나는 것이 아니다.

그 뒤로도 넘어야 할 산이 많았다. 혼인식을 치르기 전에 함께 살 집부터 시작해서 휴가를 어떻게 쓸지까지 많은 것을 준비해 두었지만 직접 실행하는 것은 또 다른 문제였다.

그중에서도 특히 어려운 문제가 하나 있었는데…….

"정말 둘이서 가려고?"

"응."

형운의 물음에 마곡정이 고개를 끄덕였다. 그러더니 쑥스러운 듯 시선을 내리며 말했다.

"사실 난 무리할 것 없다고 말렸는데… 예은이의 결심이 확고해서."

부부가 된 마곡정과 예은은 단둘이서 북방 설산까지 가고자 하고 있었다. 목적은 마곡정의 친가라고 할 수 있는 청안설표 일족을 방문하는 것이었다.

"우리 일족은 사정상 설산에서 나올 수가 없잖아. 일족을 대표해서 어르신이 와주시긴 했지만… 그래도 부부의 연을 맺었는데 다른 나라처럼 가기가 불가능에 가까운 곳도 아니면 한 번쯤은 찾아뵙고 인사를 드려야 하지 않겠느냐고 그러더라."

예은은 이 문제에 대단히 적극적이었다. 청안설표 일족과는 평생 한 번 보는 것이 고작일지도 모른다. 그렇다면 그 한 번만이라도 봐두고 싶었다.

"그리고… 내 고향을 한 번쯤 가보고 싶다고 하니 내가 안 된다고 할 수가 있어야지."

"부부 금슬 좋다고 자랑하러 온 거냐?"

난처하다고 하면서도 입꼬리가 올라가 있는 마곡정의 태도에 형운이 빈정거렸다. 그러자 마곡정이 뻔뻔하게 말했다.

"이제 알았냐?"

"……."

"그래서 요즘 예은이한테 무공을 가르쳐 주고 있는 중인데……."

"무공을?"

형운이 놀라서 묻자 마곡정이 설명했다.

"먼 길을 가려면 기초적인 내공 수련하고 경공술 정도는 배우게 하는 게 좋을 것 같아서. 내가 영능으로 설산의 추위에서 보호해 준다고 해도 한계가 있잖아."

"하긴 그렇지. 설산은 그냥 머무르기도 힘든 곳이니……."

빙백무극지경의 권능을 쓰면 한기로부터 보호해 줄 수는 있다. 하지만 설산에 도착하면 마곡정과 떨어져 있는 때도 있을 테니 그때를 생각하면 내공을 연마하는 것은 좋은 선택이다.

"어차피 이제야 입문해서 크게 성과를 보긴 어렵고, 건강을 위해 익히는 정도지."

별의 수호자에는 무인이 아니면서도 무공을 익히는 자들이 꽤 많았다. 이유는 다양했다. 건강을 목적으로, 기공사가 되기 위해서, 일의 특성상 싸우기 위함이 아니더라도 무공을 익혀둘 필요성이 있어서 등등.

그래서 그런 목적에 맞는 비약과 무공들도 제법 많았다.

"근데 내가 가르치다 보니까… 음, 아무래도 좀 잘 안 맞더라고."

"너 가르치는 것도 곧잘 하잖아?"

"그렇기는 한데, 예은이가 익힐 무공 자체가 내 방식이랑은 잘 안 맞는다고 해야 하나."

마곡정이 한숨을 쉬었다. 그는 척마대에서 교관 노릇을 하면서 남을 가르치는 경험을 쌓아왔다. 하지만 기본적으로 윗사람의 입장에서 배우는 자들을 막 굴려가면서 가르쳤던 경험인지라 예은을 가르칠 때는 난감함을 겪었다.

"무인을 가르치는 방식하고는 좀 다른 접근법이 필요한 것 같아."

"그렇군. 혹시 아직 선생 안 구했으면 내가 기공원 쪽에 괜찮은 사람 좀 보내줄 수 있나 알아봐 줄까?"

기공원은 이런 일의 전문가였다. 별의 수호자의 고위직들이 건강을 위해 무공을 익히고자 할 때, 혹은 외부의 권력자들이 그런 일을 필요로 할 때 선생을 파견해 주는 것도 업무인 것이다.

"그래주면 고맙지."

반색하는 마곡정을 보며 형운이 속으로 혀를 찼다. 처음부터 이것을 부탁하고 싶었던 모양이다.

물론 마곡정도 기공원에서 선생 역할을 해줄 사람을 초빙할 수는 있다. 하지만 기왕 예은에게 선생을 구해준다면 최고를 구해주고 싶은 마음인 것이다. 그래서 굳이 형운에게 아쉬운 소리를 하러 온 것이리라.

'하이구, 정말 애지중지하는구만.'

혼인하기 전부터 예은을 아꼈던 마곡정이지만 지금은 진짜 애처가가 되었다.

"내일쯤 기공원주님 만날 일이 있으니 그때 부탁해볼……."

치이이익…….

형운은 말을 끝까지 맺지 못했다. 품에서 갑자기 뭔가 타들어가는 소리와 함께 검은 연기가 피어올랐기 때문이다.

"뭐야?"

흠칫 놀라는 마곡정 앞에서 서둘러 품속을 뒤져봤더니 작은 흑색 나무판이 연기를 피워 올리고 있었다.

예전에 한서우가 언제든 자신이 필요해서 부르고자 할 때 쓰라고 만들어준 기물이었다.

"혼마 선배님이 주신 물건인데……."

표정을 굳힌 형운의 눈앞에서, 흑색 나무판이 피워 올린 검은 연기가 글자를 만들어내기 시작했다.

황실에서 돌아오던 별의 수호자 상단이 흑영신교에 급습당해서 큰 피해. 그리고 흑영신교의…….

계속해서 이어지는 연락 문자를 본 형운과 마곡정의 심장이 거세게 요동치기 시작했다.

5

흑영신교주는 어둠 저편을 바라보며 말했다.

"형운이여, 이것은 그대에게 보내는 나의 전언(傳言)이다."

교주는 들려주고자 하는 이에게는 들릴 리가 없는, 그래서 혼잣말이 될 수밖에 없는 이야기를 정말로 대화를 나누듯 진지하게 이어나갔다.

"우리는 한 시대의 끝에서 태어났다. 그리고 시작된 새로운 시대가 거품 같은 꿈이었음을 모두가 알아야만 하는 때가 왔노라."

아득한 천계의 높은 곳에서 위대한 신격들이 천기를 다툰 결과 그가 태어났다. 모든 것은 그때부터 결정되어 있었다.

불세출의 대예언가 적호연이 일구어낸 평화는 덧없고도 아름다운 백일몽과도 같은 것. 그 꿈에 취해 있던 자들은 이제 차라리 난세를 그리워할 정도의 파국을 맞이하게 될 것이다.

"우리의 방법은 틀리지 않았다. 그러나 좌절되었다. 그러니 나는… 너의 자리를 빼앗아 성운을 먹는 자가 될 것이다."

교주는 귀혁을 통해 성운을 먹는 자의 참뜻을 알았다.

성존과의 만남으로 자신이 감당해야 하는 것이 무엇인지도 알았다.

서로가 선택한 길은 다르지만 종착지는 같다. 그리고 정상을 쟁취하는 자가 세계의 운명을 결정하게 될 것이다.

흑영신교주는 다음 시대의 모습을 안다.

더없이 상냥하고 평온한 어둠이 지배하는 세계.

추악한 욕망이 패배하는 세계.

모든 인간이 무욕과 평안 속에서 살아가며 흑암정토로 인도받는 아름다운 어둠이 도래할 것이다.

그리고…….

"그 세계에 우리의 자리는 없을 것이다."

흑영신교주는 쓸쓸한 미소를 지으며 말했다.

　수성 이선광은 오성의 일좌를 차지하기에 부족함이 없는
실력자였다.

　별의 수호자 무인들의 정점, 오성의 자리에 오르는 자는 모
든 것을 갖추고 있어야 한다. 그리고 오래전, 한번 경력의 정
점에 올랐고 그 후로도 거대 조직의 실권자로 일했던 그는 그
모든 조건을 채운 인물이었다.

　수성으로 취임한 것은 등을 떠밀려서 어쩔 수 없이 그런 감
이 강했지만, 그래도 일단 자리에 오른 후로는 최선을 다해
자신의 일을 해왔다.

　그 일에는 녹슬었던 무인으로서의 감각을 날카롭게 다듬
는 것도 포함되었다.

　그가 수성이 되기 전까지 맡고 있던 남차대 부대주라는 자
리는 치열한 실전과는 거리가 먼 자리였기 때문이다. 이선광
은 장로회의 전폭적인 지지를 받으면서 단련했고, 지금은 귀
혁에게 수성 후보로 시험받았을 때보다 기량이 진보해 있었
다.

　"으윽······."

　하지만 그래도 확실한 실력 차 앞에서는 어쩔 도리가 없었
다.

이선광은 피투성이가 되어 주저앉아 있었다. 뿐만 아니었다. 검을 드는 오른팔이 통째로 흔적도 없이 잘려 나가서 더 이상 싸울 수도 없는 상태였다.

"녹슬었군."

그 앞에서 한 남자가 중얼거렸다.

마르고 신경질적인 인상의 남자였다. 새카만 장포를 입은 그 남자는 자루와 날이 모두 흑색을 띤 철창을 들고 있었다.

그가 바로 이선광을 쓰러뜨린 장본인이었다. 하지만 녹슬었다는 말은 이선광에게 던지는 말이 아니라 스스로를 평가하는 말이었다.

이선광과의 싸움은 짧지 않았다. 한 식경(30분) 가까이 이어졌고 그 과정에서 흑색 창을 쓰는 남자 역시 멀쩡하지는 않았다. 옷은 너덜너덜해지고, 몸 여기저기에 자잘한 부상을 입었으며, 옆구리에는 제법 깊숙한 상처가 새겨져 있었다.

물론 별의 수호자의 오성을 쓰러뜨린 대가로는 값싸다고 할 것이다. 그러나 남자는 이 결과에 전혀 만족하지 못했다.

"이토록 젊고 활력 넘치는 몸을 쓸 기회를 받았거늘… 그 시절이 잘 기억조차 나지 않으니 부끄럽기만 하구나."

남자의 탄식은 이선광에게는 지독한 조롱으로 들렸다. 하지만 남자는 이선광의 반응 따위는 신경 쓰지 않고 진지하게 한탄하고 있었다.

"별의 수호자의 수성."

마침내 남자의 말이 스스로가 아닌 이선광을 향했다.

"네게는 감사하도록 하지. 감을 찾기에는 딱 좋은 상대였으니."

"……."

이선광은 분노와 수치심으로 남자를 노려보았다. 자신을 쓸 만한 연습 상대 취급 하고 있지 않은가.

'허허, 이제 와서야…….'

이 상황에 이르러서야 그는 지난 세월이 후회스러웠다.

하지만 그 후회의 대상은 모호했다. 과연 무엇을 후회해야 할까?

장로들의 간청을 못 이기고 수성 자리를 받아들인 것?

아니면 남차대 부대주 자리에 만족하고 무인으로서의 자신이 녹슬어가는 것을 방치한 것?

'부질없구나.'

이선광은 허탈하게 웃었다. 후회가 물밀듯이 밀려오지만 동시에 그것이 의미가 없다는 것을 알았다.

그는 나태하게 살지 않았다.

수성이 되기 전에는 남차대 부대주로서 성실하게 살았다. 수성이 된 후로는 수성으로서 부끄럽지 않도록 최선을 다했다.

이제 와서 그 세월을 후회하는 것에 무슨 의미가 있겠는가? 인생을 살다 보면 무슨 일이 일어날지 알 수 없고, 그는 예상치 못한 불운을 맞이했을 뿐이다.

'미안하다…….'

다만 미안한 마음은 감출 수 없었다.

무인이 될 때부터 자신의 목숨이 칼끝에 걸려 있음을 각오하고 살아왔다. 하지만 자신이 죽는다면 남겨진 가족과 제자는 얼마나 슬퍼할 것인가.

"내 영혼의 녹을 닦은 것은 그대의 공덕이다. 부디 그대의 죄 많은 영혼이 구원받기를 기원하마."

파악!

조롱기라고는 조금도 없는 말과 함께 흑색 창이 이선광의 심장을 꿰뚫었다.

강적을 무찌르고 숨을 고르는 흑색 창의 창수에게 전음이 날아들었다.

─흑천령이시여, 새로운 적들이 접근 중입니다.

흑색 창의 창수는 흑영신교의 팔대호법 흑천령이었다.

지금까지 그가 팔대호법으로 불려온 것은 잿더미가 된 흑영신교가 일어서는 데 공헌한 것을 존중하는 의미였다. 실질적으로 팔대호법이라고 칭할 만한 무력을 지니지 못했으니 명예직이라고 할 수 있었다.

그것은 그가 이전 토벌 때 입은 부상 때문이었다. 돌이킬 수 없는 부상을 입었기에 그는 비참할 정도로 약해졌다. 시간의 흐름 속에서 노쇠하면서 상황은 더욱 악화되었다.

흑영신교주는 그런 그에게 신기를 써서 일시적으로 젊고 활력 넘치는 육체를 주었다.

이것은 오래지 않아 깨어나야만 하는 백일몽이다. 그러나 백일몽의 시간 동안 흑천령은 막강했던 과거로 돌아갈 수 있었다.

흑천령은 교주의 은혜에 감사했다.

결전의 날, 그는 흑영신교가 개발한 단기 결전용 비술로 목숨을 바쳐 싸울 생각이었다. 그러나 교주는 그가 온전히 팔대호법으로서 싸울 수 있는 기적을 내려주었다.

또한 흑천령은 부끄러워했다.

교주가 귀중한 신기를 소모해 가면서 젊음을 돌려주었거늘, 그의 기량은 전성기 시절에 훨씬 못 미쳤다. 실전에서 멀어진 채로 약해지고 노쇠한 시간 동안 무인으로서의 감각도 쇠퇴하였기 때문이다.

그러나 이선광과의 일전으로 그는 어느 정도 감각을 되찾았다. 다시금 이 기적의 시간을 누릴 때는 보다 강해져 있으리라.

흑천령이 물었다.

"빠르군. 별의 수호자의 구원 부대인가?"

—그쪽은 아직 관측되지 않았습니다. 접근 중인 것은 황실의 마교 대책반으로 보입니다. 앞으로 일각(15분) 안에… 음, 놈들에게 탐지력이 뛰어난 술사가 있군요. 감시하는 눈이 당했습니다.

"이놈들과 연락망이 구축되어 있었는가. 방심할 수 없군."

수성 이선광을 처치하기는 했지만 전투가 끝난 것은 아니었다. 흑천령을 따르던 흑영신교도들과 이선광이 이끌던 수송대의 전력은 격전을 치르고 있었다.

이미 양쪽 모두 상당한 피해를 입은 상태였다. 그리고 흑영신교 측의 피해가 더 컸다.

흑천령이 가세한다면 균형은 뒤집힐 것이다. 하지만 그도 이선광을 상대하면서 다치고 지쳤다.

흑천령은 판단을 내리기 전, 잠시 하늘을 우러르며 생각했다.

'피할 기회가 주어졌다는 것은, 신녀께서 예지하신 위협이 향한 곳은 내 쪽이 아니라는 뜻. 그렇다면 그놈이 감당해야 할 모양이로군.'

흑영신교는 이곳만이 아니라 다른 한쪽도 동시에 타격했다.

그리고 이번 작전이 시작되기 전, 신녀는 그에게 경고했다.

둘 중 하나는 자신의 예지를 피해서 덮쳐오는 위협과 싸워야
할 것이라고.

아무래도 그 위협과 싸우는 것은 자신의 몫이 아니었던 모
양이다. 흑천령은 마지막으로 이선광의 시신에 눈길을 한번
주고는 명령을 내렸다.

"후퇴한다. 내가 지원할 테니 손실을 최소화하면서 물러나
는 데 주력하도록."

7

한동안 백야문의 재건을 돕는 데 매진하던 혼마 한서우는
올해 들어서부터 설산을 떠나 활동을 시작했다.

중원삼국을 두루 돌아다니며 활동하는 그는 한 가지 사실
을 느끼고 있었다.

'흑영신교의 활동 범위가 줄어들고 있다.'

기이한 일이다.

흑영신교에게 있어서 광세천교가 멸망한 지금은 교세를
확장할 기회다. 광세천교가 장악하고 있던 영역을 파고들기
만 해도 될 테니까.

그런데 그들의 활동에서는 그런 기색을 찾기 어려웠다. 고
작해야 광세천교의 비밀 시설들을 재활용하는 정도였는데,

그것도 광세천교 잔당들이 목숨을 버려가며 위치를 노출시켜서 관군과 정파 세력에게 공격받게 만드는 일이 몇 번 벌어지자 몸을 사리는 것 같았다.

'이놈들, 분명히 하운국에서 뭔가 크게 일을 벌일 생각이다.'

점점 좁아지는 흑영신교의 활동 범위는 하운국으로 집중되고 있었다.

'위진국과 풍령국 쪽 활동을 줄인 것만이 아니야.'

두 나라에 배치되었던 인원과 물자까지 철수시킨 정황을 포착했다.

'무슨 꿍꿍이지?'

불길한 예감이 들었다. 그리고 예지자인 한서우는 자신의 예감을 신뢰한다.

그는 위진국과 풍령국, 양국에 남은 흑영신교의 흔적을 더욱 꼼꼼하게 탐색하고 나서 하운국으로 돌아왔다. 그리고 하운국에 돌아오자마자 찾아온 강렬한 예지를 따라서 달리기 시작했다.

'이건 또 무슨 일이지?'

그리고 격렬한 전투가 벌어지고 있는 전장에 당도했다.

수가 백 명에 달하는 흑영신교 전력이 전투를 벌이고 있었다. 무인들만 있는 것이 아니다. 술사도 있고 사술로 만들어낸 괴물들까지 섞인 마(魔)의 향연이었다.

하지만 상대는 그토록 무시무시한 흑영신교 전력을 상대로도 잘 버티고 있었다. 체계적인 진법으로 단체의 힘을 강화하며 술법과 기물의 힘까지 동원하는 것이 가능한 조직은 거의 없다.

'별의 수호자!'

한서우는 그들이 별의 수호자, 그중에서도 정예라고 부를 수 있는 이들임을 알았다.

동시에 그는 의문을 느꼈다. 꽤 오랫동안 흑영신교는 별의 수호자와의 정면충돌을 피하고 있었다. 그런데 이제 와서 출혈을 감수하며 정예를 투입한 이유가 무엇이란 말인가?

'죽이다 보면 알겠지.'

그는 편하게 생각했다.

흑영신교도들에게 묻는다 한들 대답을 얻을 수 없을 것이다. 그러나 그들을 하나하나 죽여 나가다 보면 그를 이루는 혼원령의 힘이 정보를 얻어줄 것이다.

쾅!

폭음이 울리며 한 흑영신교의 머리통이 수박처럼 깨져 나갔다.

"아니?!"

"기습이다!"

별의 수호자 무인들에게만 집중하고 있던 흑영신교 입장에서는 날벼락이었다. 주변에 경계병도 배치해 두었는데 그들의 눈길을 피해서 기습해 오다니?

그들이 기겁하는 순간, 흑의를 펄럭이는 한서우가 그들 사이로 내려섰다.

"이놈! 감히… 아악!"

"크악!"

한서우를 본 흑영신교도들은 뭐라고 한마디씩 하려다가 목숨이 날아갔다.

"혼마! 네놈이 어떻게 이곳에……!"

다섯 명의 목숨이 날아간 후에야 한서우를 알아보는 자가 나왔다.

"부대장님을 불러! 당장… 아아아악!"

그리고 그 역시 한서우의 일권에 몸통뼈가 박살 나서 죽었다.

훈련받은 집단은 군진을 갖췄을 때 무서워진다. 혼자서는 도저히 상대할 수 없는 적이라도 세련된 연수합격과 여럿의 힘을 모아 증폭하는 진법의 힘을 빌리면 고수라도 상대할 수 있는 법.

또한 이런 군진은 외부의 적과 맞설 때 그 진가가 발휘된다. 내압을 높여 외압에 저항하는 것이기에 내부에 침투를 허용해 버리면 포위망으로 전환하기 전까지는 허약해진다.

한서우는 그 사실을 잘 알고 있었다. 그렇기에 은밀하게 후방으로 접근, 기습으로 시선을 돌리고 그들 사이에 내려서는 것으로 전투를 시작한 것이다.

콰콰콰콰쾅!

혼란에 빠진 흑영신교도들이 전열을 정비할 새를 주지 않고 한서우가 맹공을 퍼부었다.

후방에 빠져 있던 술사들을 우선적으로 처리하고 기공파를 소나기처럼 쏘아내자 흑영신교의 전열이 붕괴하기 시작했다.

그때였다.

……!

거센 의념의 격류가 그 자리를 덮쳤다.

소리가 사라진다.

눈앞에 보이는 풍경에서 색이 사라지고, 이윽고 윤곽조차도 흐릿해지면서 모든 것이 혼돈으로 화했다.

'만상붕괴? 심상경의 고수들끼리 싸우고 있나?'

심약한 자는 휘말리는 것만으로 즉사할 수도 있는 현상이다.

"크윽……!"

별의 수호자와 흑영신교를 가리지 않고 다들 신음을 토했다.

불시에 만상붕괴에 삼켜졌다가는 어지간한 무인이라도 의식이 날아가 버린다. 그러나 지금은 군진을 이루고 있었기에 진법의 힘에 보호받아서 버텨낼 수 있었다.

"허억, 허억……! 호, 혹시 혼마 대협이십니까?"

별의 수호자의 지휘관으로 보이는 중년 무인이 파리해진 안색으로 물었다. 한서우가 고개를 끄덕이자 그가 말했다.

"도움에 감사드립니다! 뻔뻔하게 들리시겠지만 부디 안쪽에서 싸우고 계신 대주님을 도와주십시오!"

"알겠다. 무운을 빌지."

한서우는 별의 수호자 무인들을 지나쳐 갔다.

"이런."

그곳과 100장(약 300미터)가량 떨어진 곳에서 싸우고 있던 두 사람 중 한 명이 한서우를 보며 혀를 찼다.

한서우는 그를 포착하는 순간 무극의 권으로 기습할 생각이었다. 하지만 그와 시선이 마주치는 순간 그 계획을 폐기했다. 불길한 예감이 엄습해 왔기 때문이었다.

"너무 놀았군. 오랜만에 좋은 연습 상대를 만나서 정신이 팔리다니… 정신 차려야겠어."

늙은이처럼 혀를 끌끌 차는 것은 친근한 눈매의 미남자였다. 균형 잡힌 장신에 아무런 장식도 없는 흑의를 걸친 그의 몸에는 아무런 무장도 보이지 않았다.

'처음 보는 놈이다. 팔대호법 중에 이런 놈이 있었나?'

감탄스러울 정도로 세련됨을 보여주는 기파와 영력, 양쪽을 모두 갖춘 것으로 보아 팔대호법이 틀림없었다.

하지만 오랫동안 흑영신교와 싸워온 한서우도 처음 보는 인물이다. 인력난에 시달리는 흑영신교 어디에서 이런 자가 갑자기 튀어나왔단 말인가?

"후욱, 후욱……."

그 앞에는 눈이 부리부리하고 수염을 길게 기른 중년의 사내가 피투성이가 된 채로 숨을 몰아쉬고 있었다.

검푸른 언월도를 쓰는 그는 전 수성 윤호현의 제자 손두언이었다. 하운국 별의 수호자 총단의 파견 경호대주인 그가 거의 죽음 직전까지 밀려 있었던 것이다.

'일방적이었군.'

손두언이 당장에라도 쓰러질 것 같은 몰골인 데 비해 흑의의 청년은 상처 하나 없었다. 두 사람의 전투 양상이 일방적이었다는 뜻이다.

'이자가 누군지는 모르나 심상경의 고수라면 별의 수호자에서는 오성을 바라볼 만한 고수일 터. 그런데도 이 정도로 일방적으로 당했다?

그런 실력자가 지금까지 전혀 드러나지 않았다는 것을 믿기 어려웠다.

한서우는 얼마 전, 형운이 보낸 연락으로 귀혁에게 흑월령이 죽었음을 알게 되었다.

그렇다면 현재 흑영신교의 핵심 고수는 정말 손에 꼽을 정도밖에 남지 않았다. 흑천령은 팔대호법으로 불리고 있긴 하지만 그만한 힘이 없으니 실제로는 암천령과 흑운령 둘만 남은 상황이다.

물론 그들이 전부는 아닐 것이다. 교주 본인도 있고, 암익신조와 심안호창이라는 대마수들도 있다. 그리고 지금까지 살아남은 이십사흑영수 중에 실력 있는 자가 승격해서 팔대호법의 빈자리를 채웠을지도 모른다.

하지만 흑의의 청년은 그중 어디에도 속하지 않는 것 같았다. 한서우가 모르는 이십사흑영수가 승격했다기에는 너무나 실력이 뛰어나다.

"네놈과 다시 싸우는 날이 올 줄이야, 세상에 다시없을 경험이로군. 그분의 권능이 내게 이런 기적을 경험하게 하는가."

"기억에 없는 애송이인데 나를 알은척하다니, 누구냐?"

"애송이라니, 정말 오랜만에 들어보는 소리로군. 마지막으로 들어본 지 50년은 넘은 것 같은데……."

파칫!

껄껄 웃는 청년의 앞쪽에서 미미한 파문이 일었다.

한 번만이 아니었다. 사방팔방에서 파문이 일어나며 눈에 보이는 풍경을 일그러뜨린다.

격공의 기였다.

한서우가 아무런 조짐도 없이 발한 격공의 기를 흑의의 청년이 수월하게 막아내고 있었던 것이다.

놀라운 실력이다. 한서우가 경계심을 최고조로 끌어 올릴 정도로.

"내가 아는 팔대호법 중에는 이런 얼굴이 없었는데… 슬슬 내 궁금증을 풀어주지 않겠나?"

한서우는 청년이 사술로 만들어진 병기나 요괴가 아닌, 인간의 몸으로 마공을 연마한 고수임을 알아보았다. 마공을 연마하다 보면 자연스럽게 괴물로 변해가는 경우가 많기에 이토록 순수한 인간에 가까우면서도 고절한 경지에 오른 마인은 드물었다.

청년이 피식 웃었다.

"30년간 더 강해졌을 혼마가 상대라니, 재활 훈련치고는 너무 가혹하지만 그래도 해야겠지. 여기서 패하더라도 죽지만 않으면 다음번에는 더 잘할 수 있을 테니."

"내 손에서 살아 돌아갈 자신이 있다니 제법 자신감이 투철하군."

"자신감이 아니다. 그 정도는 해내지 않으면 내 가치가 없다고 여길 뿐. 혼마여, 내 소개를 하지."

청년은 예를 표하는 대신 양손이 좌우대칭을 이루는 자세를 잡으며 말했다.

"나는 죽음을 넘어 신성한 검은 맹세(黑誓)를 지키기 위해 연옥으로 돌아온 자."

그의 두 눈이 음영조차 없는 어둠으로 물들며 공간이 진동하기 시작했다.

"전 팔대호법 흑서령(黑誓靈), 만마박사(萬魔博士)이니라."

제191장
재전(再戰)

성운을
먹는자

1

흑영신교주는 과거와 현재를 동시에 본다.

밀려드는 과거의 기억이 그의 현실감을 흐릿하게 만들었
다. 그에게는 매 순간순간이 스스로의 인간성을 지키기 위한
투쟁이었다.

인간이어야 한다.

인간의 운명을 지닌 채로 신의 힘을 휘두르는 자여야만 대
업을 이룰 수 있다.

무수한 과거의 기억들 속에서 흑영신교주는 만마박사에
대한 것을 본다.

흑영신교의 전성기로 불렸던 전대 팔대호법 중에서도 불세출의 무인이라 불렸던 자.

'적호연, 그 지독한 여자의 안배가 아니었다면 승패는 알 수 없었을 터.'

30년 전, 운강에서의 일전에서 만마박사는 귀혁에게 패해서 죽었다. 하지만 둘의 승부는 종이 한 장 차이로 생사가 갈린 아슬아슬한 싸움이었다.

무엇보다 당시에는 귀혁이 압도적으로 유리한 상황이었다. 적호연이 스스로를 미끼로 던져서 만마박사가 죽을 수밖에 없는 무대를 만들었기 때문이다.

중상을 입은 흑영신교주를 피신시키기 위해서 만마박사는 사지(死地)로 걸어 들어갈 수밖에 없었다.

당시 적호연이 입안한 계획을 본 토벌군의 수뇌는 그녀의 걱정이 과하다고 생각했다. 황궁의 정예와 천하십대문파의 고수들로 천라지망(天羅地網)을 펼치면서 제2진과 3진을 대기시켜서 돌파당할 경우를 예비했기 때문이다.

'아무리 만마박사가 표적이라고 해도 너무 과하다. 차라리 이 병력을 빼서 도망치는 교주까지 확실히 잡는 편이 낫다.'

다들 그렇게 말했지만 결정권을 쥔 적호연은 한 발짝도 물러나지 않았다.

그리고 작전이 진행됨에 따라서 모두는 그녀의 예언이 이번에도 들어맞았음을 깨닫게 되었다.

만마박사는 교주를 대피시키고 신들린 기세로 황궁의 정예와 천하십대문파의 고수들을 격파, 천라지망 1진을 돌파하고 2진도 돌파하더니 기어이 3진까지 뚫었다. 적호연이 최후의 보루로 그 너머에 귀혁을 대기시켜 두지 않았다면 만마박사는 살아서 탈출했을지도 모른다.

그래서 흑영신교주는 생각했다.

만약 그때 만마박사가 만전의 상태였다면 어땠을까?

'그 시대의 그대는 교의 신화였다. 그리고 이 시대의 그대는 교의 스승이었다.'

선대 교주의 스승이기도 했던 만마박사에게는 감사한 마음뿐이다. 생전에도 교를 위해 헌신하다 죽은 그는 흑암정토에서의 평온을 포기하고 운신조차 자유롭지 못한 해골 하나에 갇힌 몸으로 돌아와 주었다.

흑영신교의 모든 비술을 기억하고 있던 그가 아니었다면 흑영신교의 상황은 지금보다 훨씬 열악했을 것이다. 지금까지도 암중모색(暗中摸索)을 계속하고 있거나 혹은 광세천교처럼 멸망의 길을 걸었을지도 모른다.

그의 지식 덕분에 기초 지식이 부실해서 고전하던 비술 개발의 진도가 극적으로 가속되었다.

또한 그의 가르침이 있었기에 흑영신교주와 팔대호법이 비약적으로 강해졌다. 그는 흑천령에 이어 팔대호법과 이십사흑영수를 더 높은 경지로 이끌어준 두 번째 스승이었다.

'만마박사여, 그대는 반드시 보아야 한다. 구원의 그날을.'

흑영신교주는 흑천령과 함께 축지문 파기를 위한 술법을 펼치며 기원했다.

'그것만이 생전에도 사후에도 교를 위해 헌신한 그대를 위해 줄 수 있는 유일한 보답이리라. 그러니 이런 곳에서 죽어서는 안 되느니.'

2

"만마박사?"

한서우는 놀람을 감추지 못했다.

그는 살면서 수많은 적을 격파해 왔다. 그중에서 두고두고 이름을 회상할 정도로 인상 깊었던 자는 그렇게 많지 않다.

만마박사는 그렇게 기억할 가치가 충분한 적수였다.

운강에서의 일전으로 귀혁에게 패해 죽기 전까지 만마박사는 불패 신화를 구축하고 있었다. 젊은 시절 만마박사라는 별호를 얻은 후, 그는 전장에 나섰다 하면 공포로 군림하며 수없는 협객을 고혼(孤魂)으로 만들었다.

한서우와 만마박사는 과거에 한 번 싸웠다. 그 싸움에는 승자도 패자도 없었다. 서로 결판을 내지 못하고 물러나야 했으니까.

"설마 다시 싸우는 날이 사후(死後)가 될 줄은 몰랐군."

만마박사가 불길한 기운을 흘리며 웃었다. 음침함이라고는 조금도 없는 유쾌한 웃음이다. 그의 정체를 몰랐다면 호감을 느꼈을지도 모른다.

지금은 잊혔지만 만마박사는 마도(魔道)의 전설로 불렸던 존재였다. 무공과 술법 양쪽에서 당대의 흑영신교주를 능가하는 초인이었던 그는 적호연에 의한 마교 토벌이 시작되기 전, 광세천교와의 분쟁에서 혈혈단신으로 칠왕 셋과 격전을 벌여 승리하면서 당대 최강의 거마(巨魔)로 불렸다.

'그때는 밀렸지.'

한서우는 전의를 최고조로 끌어 올렸다.

과거의 일전은 승패가 가려지지 않은 싸움이었지만 만마박사가 우세를 점했었다. 시간이 흐르면서 한서우의 기량은 그때보다 상승했지만 그럼에도 승산을 장담할 수 없는 적이다.

만마박사가 말했다.

"잠시 시간의 흐름을 잊었다. 마치 과거의 한순간으로 돌아온 것만 같구나. 그만큼이나 시간이 흘렀는데도 너는 그때의 젊은 모습 그대로니."

그의 눈에 비친 한서우는 예나 지금이나 변하지 않은 모습이다. 마치 시간의 흐름이 피해 간 것처럼.

"그런 말을 할 입장이 되나?"

"그렇지."

한서우가 비아냥거리자 만마박사가 히죽 웃었다.

"혼마여, 보게나. 이 젊은 몸을. 완숙한 정신과 젊고 활기찬 몸. 생전에도 얻을 수 없었던 이상을 이렇게 체감하게 되는군. 이것이 금세 깨어나야만 하는 꿈이라는 것이 슬플 정도야."

운강에서 죽었을 때 만마박사는 노년이었다. 귀혁이 그렇듯 그도 나이 들어가면서 계속해서 잃었다. 또한 나이 드는 만큼 계속해서 얻었다.

그리고 지금, 완숙한 노고수의 정신과 젊고 활기찬 몸이 한 시공간에 구현되었다.

순간 한서우의 눈앞이 어둠으로 물들었다.

모든 것이 캄캄한 어둠이 아니다. 얕은 어둠과 깊은 어둠이 혼재하여 형상을 이루고 있는 어둠이었다.

"…그렇군. 너는 덧없는 꿈이지만 생명을 얻은 대가로 죽음을 짊어져야 하는가."

한서우는 예지의 힘을 가진 자. 혼원령의 힘으로 잠시 만마박사를 들여다보는 것만으로도 그의 본질을 파악했다.

지금의 만마박사는 한정된 시간 동안 구현되는 기적이다. 그는 이 자리에서 생명을 얻었지만 그 대가로 죽음을 짊어져야 한다. 이곳에서 그를 죽인다면 그는 더 이상 현계에서 어떤 형태로도 활동할 수 없을 것이다.

'보아하니 삶이 유지되는 시간은 마음대로 제어할 수 있는 게 아니군. 신기를 추가로 투입해서 더 늘릴 수는 있어도 줄일 수는 없어. 정해진 시간 동안은 무조건 살아 있는 존재가 되고, 따라서 죽음의 부담을 지게 된다.'

한서우가 사납게 웃었다.

"숨 쉴 수 있는 시간이 길진 않은 것 같군. 어디 그 안에 잡을 수 있는지 시험해 보마."

"살살 해주시게나. 모처럼 기회를 얻었는데 한 번으로 끝내고 싶지 않거든."

공방은 이미 시작되었다. 최초의 견제부터 지금까지 한 번도 멈추지 않았다.

고요하게 서로 마주 보는 가운데 현란한 기공전이 펼쳐진다. 기감을 지닌 자들에게는 둘을 중심으로 폭풍우가 휘몰아치는 듯한 감각이 쏟아졌다.

"크윽……."

둘이 대치하는 동안 숨을 고르던 손두언이 신음했다.

한서우와 만마박사의 기공전은 그를 사이에 두고 이루어졌다. 만마박사는 그를 이 자리에서 죽여 버리고 싶어 했고, 한서우는 그것을 막고 있었다.

한서우가 만마박사에게 시선을 집중시킨 채로 말했다.

"슬슬 움직일 만은 하겠지. 물러나라."

"고맙소. 잊지 않으리다."

손두언은 비틀거리며 물러났다. 워낙 중상이라 그렇게나마 움직일 수 있는 것도 그가 고수이기에 가능한 일이었다.

만마박사가 피식 웃었다.

"흠. 뭐, 좋아. 너 같은 대어(大魚)를 앞에 두고 저런 잡어(雜魚)에 집착하는 것도 어리석은 짓이지."

파직!

순간 그의 눈앞에서 푸른 불꽃이 튀었다. 동시에 한서우가 잔상을 남기면서 미끄러지듯이 움직였다.

쾅!

폭음이 울리며 충격파가 주변을 뒤흔들었다.

하지만 둘 다 물러나지 않았다. 마치 충격파를 흘려 넘기듯 원을 그리면서 현란한 공방을 주고받았다.

먼저 물러난 것은 만마박사였다. 그리고 한서우가 그가 친

기공의 덫을 모조리 파쇄하며 찌르고 들어가는 순간이었다.

퍼엉!

갑자기 옆에서 강습해 온 일권이 한서우를 쳐서 날려 버렸다.

"좋군. 확실히 좋은 연습 상대와 놀아서 감이 많이 돌아왔어."

만마박사가 히죽 웃으며 중얼거렸다.

격투전은 우열이 명확하게 갈렸다. 젊어지기까지 했는데도 만마박사는 한서우를 따라갈 수가 없었다.

"힘과 속도는 예전 그대로군. 기술은 더 좋아졌고."

"하지만 예지에 의존하는 버릇도 그대로야."

"마인이라면 예지를 피할 수 없다, 그런 선입견이 더 강해졌군?"

만마박사가 예전에 한서우와 싸웠던 기억을 현재에 겹쳐 보며 분석하는 목소리가 각기 다른 지점에서 세 번 연이어 흘러나왔다.

그런 그의 뒤쪽에서 아지랑이처럼 검은 그림자가 일렁인다. 허공에 녹아들듯이 사라졌다가 다시 윤곽이 드러나는 그것은⋯⋯.

"삼두육비(三頭六臂). 그래, 그게 있었지."

한서우가 으르렁거렸다.

마치 만마박사의 양옆으로 두 명의 만마박사가 겹쳐진 것 같은 모양새였다.

그것은 만마박사가 살아온 세월을 뛰어넘은 성과를 구축할 수 있었던 비밀이다. 그의 육신은 하나뿐이지만 영체는 셋이 하나로 통합되어 있다.

그것은 흑영신교 내에서 새로운 가능성을 추구한 천재들이 7대에 걸쳐 이룩한 성과였다. 만마박사는 홀로 일어선 천재가 아니라 흑영신교 천년 역사의 집대성이다.

한서우가 눈을 가늘게 떴다. 방금 전에는 혼원령의 힘이 아니면 당할 뻔했다. 만마박사는 공방 속에서 한서우의 예지가, 기감이 작용하는 흐름을 읽고 허를 찔렀다.

'젠장, 예지의 허점을 찌르는 기술이라니. 예나 지금이나 말도 안 되는 작자군.'

"아까 그 친구를 상대하면서 감이 많이 살아나긴 했는데, 아직 완전하진 않아. 자네가 그렇게 만들어주지 않겠나?"

"한 번 죽었던 놈이 너무 까부는군."

한서우가 말과 함께 앞으로 성큼 내디뎠다. 그 순간이었다.

쾅!

이번에는 만마박사가 튕겨 날아갔다.

"컥?"

만마박사가 신음을 토하는 순간, 한서우가 그 앞에 나타났다.

팍!

주먹과 팔뚝이 부딪치며 권격이 틀어진다.

쾅!

그러나 내지른 주먹의 회수와 동시에 반대쪽 손이 날아드는 것에 응수하려는 순간, 한서우의 몸이 아무런 자세 변경 없이 앞으로 쑥 전진하면서 만마박사를 강타했다.

"크억……!"

하지만 삼두육비의 여섯 팔이 한서우의 방어 위를 때려서 추가타를 저지시켰다.

"혼원령의 예지를 현혹할 수 있다니, 확실히 대단하다. 하지만 아무나 터득할 수 있는 기술은 아니겠지. 쉬운 기술이었으면 최소한 팔대호법은 다 할 수 있었을 테니."

지금까지 한서우는 혼원령의 예지력을 통해 마인들을 농락해 왔다. 그런데 만마박사에게는 이에 맞설 대책이 있었다. 걸어 다니는 비술 서고라 불리는 그에게는 신화적인 능력과 싸울 때의 대책도 존재했던 것이다.

'볼 수 없는 자'를 속이던 수법을 '볼 수 있는 자'를 속이는 수법으로 바꾼다.

그것으로 한서우의 허를 찔렀다. 그러나 그것도 한 번뿐이었다. 한서우는 마치 눈을 감듯 예지능력을 닫아버리면서 역습을 가했다.

"나름 귀중한 밑천이었는데 금방 쓸모없어지는군. 역시 악독한 작자야."

만마박사가 히죽 웃으며 다가왔다. 두 팔과 동선의 제약을 받지 않는 네 개의 그림자 팔이 현란한 궤도를 그리면서 한서우를 맹습한다.

삼두육비를 활용한 만마박사의 격투전 능력은 상식적으로 평가할 수 없다. 하지만 한서우 역시 초인이라 불리는 존재였다.

콰콰콰콰콰콰!

한서우의 움직임이 폭풍처럼 가속했다. 만마박사가 한 번 움직이는 동안 두 번, 세 번 움직이면서 삼두육비의 움직임을 찍어 눌렀다.

진기 격발이다. 내공을 과출력 상태로 끌어 올려서 국면을 압도하고 있었다.

"음……!"

만마박사가 신음했다.

진기 격발은 승부를 결정지을 국면에서나 사용해야 할 수법이다. 일시적으로 폭발적인 힘을 얻지만 그만큼 몸에 무리가 오기 때문이다. 과출력 상태의 지속이 끊기고 나면 탈력에 걸려 버리고 만다.

그러나 한서우는 개의치 않고 더더욱 가속한다.

결국 만마박사가 한 걸음 물러났다. 그리고 한 걸음은 두 걸음이 되고, 두 걸음은 세 걸음이 된다.

콰콰콰콰콰콰!

만마박사는 정신없이 밀려나기 시작했다.

가속하는 한서우의 신형이 신기루처럼 흐릿해진다. 너무나 빠른 움직임과 혼원령이 자아내는 기파가 뒤섞인 결과 외부에서 보이는 그의 모습이 점차 신화 속의 괴물처럼 변해갔다.

"혼원령의 힘을 다 봤다고 생각한 오산, 뼈저리게 깨닫게 만들어주지."

킥킥킥……

키득키득……

새카맣게 일렁이는 괴물의 환영 속에서 그림자들이 일어나기 시작했다. 이 괴물들이 격렬한 기공전의 흐름을 뚫고 만마박사를 향해 몸을 던진다.

"큭……!"

처음으로 만마박사의 표정이 일그러졌다.

'보는 자와 보지 않는 자가 혼재되어 있다! 본신과 그림자의 시점을 자유자재로 넘나드는 예지력이라니! 이런 것이 가능한가!

아무리 버텨도 한서우의 진기 격발이 멈출 기미가 보이지 않는다.

거기에 혼원령으로부터 비롯된 그림자들이 압박을 가해온다. 이 그림자들은 정밀한 움직임을 보이지는 못하지만 대신 한서우의 일부나 다름없었다. 한서우가 예지능력을 닫자 그림자들이 주거니 받거니 하면서 예지능력을 발현, 몸을 던져서 만마박사의 움직임을 막았다.

'이런 수법을 개발해 놓고 있었군. 하지만 대체 진기 격발이 언제까지 계속되는 거지? 이대로는 얼마 못 버텨……!'

아무리 한서우의 내공이 심후해도 이럴 수가 있단 말인가? 무궁무진한 기술로 버텨내고는 있었지만 점차 상황이 위태로워지고 있었다.

파칫!

격전 속에서 만마박사의 머리칼이 잘려 나갔다.

파지직!

푸른 불꽃이 튀면서 한서우의 목깃이 찢겨 나갔다.

한서우가 속으로 혀를 찼다.

'짜증 나지만 기공전은 힘들군. 술법의 격차를 어쩔 수가 없어.'

격투전은 한서우가 압도하는 것을 만마박사가 밑천을 아

낌없이 털어가면서 어떻게든 버텨내는 모양새였다.

하지만 기공전은 그 반대다. 만마박사는 무공만이 아니라 술법에도 통달한 자. 삼두육비로부터 비롯되는 현란한 기공과 술법의 연계가 한서우를 밀어붙이고 있었다.

그리고 격투의 영역 바깥쪽에서 만마박사가 펼친 기공과 술법이 융합하며 한서우를 압박하기 시작했다.

―무음(無音)!

삼두육비의 좌신(左身)이 격공의 본질에 닿은 기예를 보다 고차원적인 기예로 승화시킨 침투경을 발한다.

―흉신(凶神)!

삼두육비의 우신(右身)이 기공과 술법을 융합, 폭주하는 야생마처럼 격렬한 변화를 일으킨다.

―악살(惡煞)!

그렇게 일어난 변화가 다시 한 번 격공의 기로 승화, 자유자재로 공간을 넘나들자 의식의 흐름으로는 도저히 따라잡을 수 없는 무한의 영역에 도달한다!

―천변만화(千變萬化)!

그리고 세계가 눈을 깜빡였다.

일순간 모든 것이 암전했다가 돌아왔다. 그것은 그야말로 찰나. 그러나 그 찰나로 모든 것이 바뀌었다

콰콰콰콰콰콰……!

수만 갈래로 갈라진 어둠이 공간을 찢어발겼다.

그것은 기공이었고, 술법이었고, 또한 그 둘이 혼재한 무언가였다. 삼라만상을 이루는 물질적인 힘과 영적인 힘이 뒤섞여서 앞도 뒤도 위도 아래도 없는, 이어짐을 무시하는 불연속성의 극한으로 펼쳐졌다.

'예지를 초월하는 일격! 이런 비술을 감추고 있었나!'

한서우는 전율했다.

그 무엇으로도 파악할 수 없는, 그야말로 혼돈 그 자체!

예측할 수 없다. 본능과 감각으로 따라갈 수도 없다. 그리고 예지조차 초월한다!

무공과 술법이 무극의 영역에서 어우러져 펼쳐진 그 일격은 천변만화라는 이름이 부끄럽지 않은 절예였다.

"크윽……!"

한서우가 신음했다.

격투전으로 쥐고 있던 우위가 한순간에 사라져 버렸다. 그 순간에 할 수 있는 일은 무극의 권으로 받아치면서 공격권에서 빠져나오는 것뿐이었고, 그것조차도 완벽한 탈출책이 되지 못했다.

'일발로 그치지 않는 심상경의 절예. 그 시절에 이미 경계에 도달하는 법을 터득하고 있었다니.'

한서우가 어깨에서 흐르는 피를 지혈하는 순간, 만마박사가 흩어지는 어둠을 뚫고 나타났다. 삼두육비의 여섯 손을 전부 가슴에 모은 기묘한 자세였다.

한서우는 망설이지 않았다. 그가 뭔가를 하기도 전에 뛰어들면서 일권으로 머리를 쳤다.

쾅!

그리고 한서우의 눈이 크게 떠졌다. 만마박사가 무방비로 공격을 받고 머리가 터져 나갔기 때문이다.

'이런, 당했······!'

그가 섬뜩함을 느낀 순간, 삼두육비의 여섯 손 안에 뭉쳐 있던 어둠이 폭발했다.

─삼극흑암(三極黑暗)!

해방된 어둠의 파동이 해일처럼 전방을 휩쓸었다.

3

콰과과과과과······!

해일처럼 솟구친 어둠이 사방을 휩쓸었다. 반경 100장 내에 있던 모든 것이 초토화되고, 그보다 멀리 떨어져 있던 자

들조차도 휘몰아치는 폭풍을 버텨내기 위해 안간힘을 써야
했다.

"마, 맙소사!"

"대주님을 보호해!"

중상을 입은 손두언은 부하들이 보호해 주지 않았다면 목
숨을 잃을 뻔했다.

그는 부하들이 펼친 호신장막 너머로 폭발하는 어둠을 보
며 전율했다.

'이것이 정녕 사람의 싸움이란 말인가.'

괴물과의 싸움이었다면, 저것이 괴물이 일으킨 현상이었
다면 이렇게 놀라지 않았을 것이다.

하지만 저것은 사람이 한 일이다. 사람이 사람을 죽이기 위
해 발한 기술의 결과였다.

손두언 또한 심상경의 고수다. 그는 부하들과 달리 싸움의
표면만을 보는 것이 아니라 그 깊이를 느꼈다.

과거 그가 심상경에 발을 들였을 때, 사부는 말했다.

'두언아, 너는 정상에 오른 것이 아니다. 너는 이제야 높은
산의 초입에 선 것이다.'

전 수성 윤호현은 대제자인 그의 성취를 칭찬하기에 앞서

경고했다. 무인으로서 가야 할 길은 이제부터가 더욱 험난할 것이라고. 심상경에 진입했다는 것은 지금까지는 눈에 담을 수조차 없었던 높은 산의 존재를 알게 되는 것이라고.

손두언은 사부의 가르침을 가슴에 새겼다. 심상경에 오른 후로도 단 한순간도 오만해지지 않고 성실하게 정진해 왔다.

하지만 손두언은 오늘에서야 알았다. 자신이 사부의 가르침을 제대로 이해하지 못하고 있었음을.

'사부님은 알고 계셨던 거다.'

그것은 보고, 듣고, 겪어보지 않고서는 이해할 수 없는 세계였다.

분명 똑같이 심상경의 경지에 이르러 있는데도 속수무책으로 당해 버릴 수밖에 없는 압도적인 격차가 있었다. 만마박사가 손두언과 싸우는 태도는 마치 고양이가 쥐를 장난삼아 갖고 노는 것 같았다. 그가 손두언을 적절한 연습 상대로 여기지 않고 전력으로 죽이고자 했다면 손두언은 이미 죽었을 것이다.

필시 윤호현 또한 이런 경험을 했을 것이다. 직접 그런 적과 싸우는 것으로든, 혹은 그런 고수들의 싸움을 보는 것으로든.

그것은 절망이었다.

또한 그것은 기연이었다.

심신에 새겨진 공포에 넘어질 것인가, 아니면 그것을 극복하고 더 높은 경지로 나아갈 것인가.

손두언은 자신의 내일을 확신할 수 없었다. 그 미래를 정하는 것은 그의 의지가 아니었다. 몸의 부상이 치명적인 장애를 남기지 않고 회복될 수 있을지도, 그리고 이 자리에서 살아나갈 수 있을지도 온전히 타인의 싸움에 달려 있었다.

그리고…….

우우우우우우우!

장대하게 일어 오른 흙먼지 속에서 마치 거대한 붓으로 하늘과 땅을 잇는 선을 그어놓은 것 같은 어둠이 솟구쳤다.

4

혼원령(混元靈).

그것은 한때 인간이 만들어낸 피조물 중 가장 신에 가까운 존재였다.

광세천교, 흑영신교와 함께 3대 마교로 불렸던 천년마교, 혼원교가 인간의 힘으로 천리(天理)를 타파하기 위해 만들어낸 기적.

혼원교의 핵심이며 모든 것이라고 할 수 있었던 혼원령은 혼원교에서 뛰어나다고 평가받는 자들이 죽음을 앞두고 자신의 심령을 내놓은 결과물이다. 수많은 이의 심령이 비술로 통합된 결과 그것은 한없이 신에 가까운 무언가가 되었다.

그 힘이 더 이상 하나의 그릇에 담아둘 수 없을 정도로 강대해졌을 때, 혼원교는 한 가지 야심을 품었다. 혼원령에게 인격을 부여함으로써 살아 있는 신을 만들고자 했던 것이다.

한서우는 그것을 위해 만들어진 그릇이었다.

온갖 사악한 비술이 집대성되어 탄생한 그는 혼원령을 품는 순간 의지가 말소될 예정이었다. 한서우라 불렸던 인간의 의지는 사라지고, 인간의 운명을 지닌 신이 태어난다. 그로써 혼원교는 신의 권능을 무제한으로 휘둘러 그릇된 세상을 바로잡고자 했다.

그러나 그 시도는 끔찍한 실패로 끝났다.

신이 되지 못한 실패작, 한서우는 초인적인 힘으로 혼원교를 멸망시켰다.

그럴 수 있었던 것은 그가 혼원령의 힘을 지녔기 때문이다. 자신을 추적하는 혼원교도들과 싸우면서 한서우는 혼원령의 힘을 어떻게 다뤄야 하는지 깨달았다. 그리고 종국에는 혼원교도들의 천적이 되었다.

혼원교도들은 그 앞에서는 제대로 힘을 쓸 수 없었다. 반대로 한서우는 혼원교도들을 상대할 때는 본신 능력을 훨씬 초월하는 막강함을 보였다.

상대의 존재가 곧 내 힘이 되며, 내 존재는 상대의 힘을 약화시킨다.

이 천적 관계가 완성된 시점에서 혼원교가 승리할 방법은 없었다.

'하지만 그건 혼원교에 한정되는 문제였지.'

만마박사는 잔뜩 굳은 얼굴로 과거의 기억을 떠올렸다.

한서우는 혼원교의 천적이었지만 흑영신교의 천적은 아니었다. 흑영신교가 보는 한서우는 시대의 정상을 논할 만한 무인, 그 이상도 이하도 아니었다.

실제로 과거의 싸움에서 만마박사는 한서우를 상대로 우위를 점했다. 그리고 수십 년이 흐른 지금, 한서우의 예지를 봉하고 광마의 광령신과 비슷한, 실체를 지닌 분신술을 이용해서 삼극흑암을 터뜨리는 것으로 끝장을 낼 수 있었다.

'그렇게 생각했거늘… 괴물을 가둔 우리의 빗장을 열어버린 격이었는가?'

삼극흑암의 폭발을 뚫고 거대한 어둠이 솟구치고 있었다.

하늘과 땅을 잇는 검은 선.

그것은 지상에 사로잡혀 있던 흑룡이 승천하는 광경처럼 보이기도 했다.

우우우우우우!

검은 선에서 분출되는 힘의 여파로 천지가 진동한다.

그 앞에 선 만마박사의 기감과 영감이 비명을 지르고 있었다. 저 어둠은 온갖 것이 뒤섞인 혼돈이었다. 세상 모든 것을 자기 안으로 녹여 혼원(混元)으로 되돌리는 힘.

하늘을 넘어서고자 했던 자들이 인공적으로 빚어낸 거짓 신화.

한서우라는 인간 속에 갇혀 있던 괴물이 모습을 드러낸다. 그것은 인간의 광기와 의지의 집합체였으며, 한없이 신에 가까운 혼돈의 권화(權化)였다.

'혼마의 본질은 혼원령. 그렇기에 신격조차 해할 수 있는 비기를 썼거늘…….'

삼극흑암. 선대 흑영신교주조차 터득하지 못한 그 비술은 현 흑영신교주가 귀혁과 싸울 때 펼쳐 보인 바 있었다. 하지만 술법으로는 선대를 능가한 흑영신교주조차도 강신 상태가 아니고서는 펼칠 엄두를 내지 못하는 최고난도의 절예였다.

무공과 술법 양쪽을 통달해야 하며, 정신이 현계의 시공간을 초월하는 경지에 이르러야만 터득할 수 있는 기술이다.

기공과 술법을 융화하고 현계와 마계, 그리고 그 경계의 힘을 한 지점에 모아서 터뜨리는 그 기술은 물리적인 영역에서는 물론이고 영적으로도 어마어마한 파괴력을 발휘하기에 제대로 적중하면 신격(神格)조차 해할 수 있었다.

만마박사가 한서우를 끝장낼 결정타로 삼극흑암을 택한

이유도 그것이었다.

그런데 삼극흑암에 직격당했으면서도 한서우는, 정확히는 그의 본질인 혼원령은 끝장나지 않았다. 오히려 한서우라는 봉인이 풀린 것처럼 용트림을 시작한 것이다.

'어디로 향할지 알 수 없다.'

저 힘이 어디로 향할지 알 수 없다.

아무것도 하지 않고 사라질 수도 있다. 진야의 저주처럼 오랫동안 지속되는 재해가 될 수도 있다.

그리고… 파괴신의 모습으로 흑영신교의 적이 될 수도 있다.

'후후, 교주. 죄송하오. 이미 죽어 나자빠졌던 늙은이가 잘 나가던 시절 기분을 내느라 사고를 쳐버렸구려. 하지만 걱정 마시오. 교의 재앙이 늘어나는 것만은 교주가 주신 이 목숨으로 봉합하겠소이다.'

만마박사는 지쳤다.

"쿨럭……!"

그는 피를 한 움큼 토하고는 손등으로 입가를 슥 닦았다.

한서우는 만마박사의 심신을 한계까지 몰아붙였다. 만약 거기서 필생의 비기를 성공시키지 못했더라면 결국 무너지고 말았으리라.

심지어 그 비기조차도 한서우를 쓰러뜨릴 수 없었다. 한서우는 흉악한 다중심상을 구현하는 무극의 권으로 받아치면서 공격권에서 빠져나갔던 것이다. 서로 맞친 형국이었고, 만마박사는 약간의 이득을 보았을 뿐이었다.

다만 만마박사는 거기서 그치지 않았다. 한서우가 막 위기에서 탈출한 순간, 실체 있는 분신을 만들어서 삼극흑암을 터뜨리는 것으로 허를 찌르는 데 성공했다.

'죽도록 힘들군. 이런 기분도 얼마 만인지 모르겠어.'

진기도, 영력도 채 3분의 1도 안 남았다. 기맥을 한계 이상으로 혹사시키는 바람에 내상까지 입었다.

하지만 아직 그에게 주어진 기적의 시간은 남아 있다. 덧없는 생이 끝나기 전이라면 이 목숨에도 가치가 있으리라. 그는 목숨과 영혼을 불살라 일생일대의 대술법을 행할 생각이었다.

'내 목숨도, 바람도 모두 부질없는 꿈이구나. 만휘군상(萬彙群象)이 헛되거늘 나는 어찌하여 연옥의 허상에 미혹되었는가, 허허.'

문득 만마박사는 자신이 끝을 아쉬워하고 있음을 깨닫고 실소했다.

목숨이 아까우냐고 물으면 그렇지 않다. 물론 백일몽처럼 덧없는 꿈일지라도 산 자의 몸을 얻은 것은 더없는 쾌락이다. 하지만 그는 그것이 쾌락을 위함이 아니라 사명을 이루기 위한 도구임을 알고 있었다.

그러니 그가 아쉬워하는 것은 죽음이 아니다.

'교주, 신녀……'

만마박사는 두 젊은이가 안타까웠다.

그것은 생전의 그였다면 느끼지 못했을 감정이었다. 아마도 그가 신앙과 교에 대한 헌신만으로 살았던 삶을 끝마쳤기 때문이리라.

생전에 만마박사라 불렸던 교의 성자는 흑암정토에서 궁극의 평안을 누리고 있으며 지금 이 자리에 있는 것은 생전의 잔재 같은 것이다. 그렇기에 그는 연옥의 허상에 미혹되었다. 그가 흑영신교의 대업을 돕는 것은 신앙보다는 그들을 아끼는 인간으로서의 마음 때문이었다.

흑영신교는 대업을 이룰 것이다. 그것은 신화시대부터 계속되어 온 싸움의 끝이며 동시에 연옥이 구원받는다는 뜻이다.

그러나 구원받은 세상 속에 구원자인 교주와 신녀의 자리는 없으리라.

신의 화신, 구원의 도구로 태어난 교주에게는 인간으로서의 이름조차 없다. 이름 없는 자는 인간으로서의 삶을 살지 못하고 죽으리라.

연옥이 더 이상 연옥이 아니게 되는 순간, 가련한 죄인들은 구원받는다. 그리고 흑영신교주라 불렸던 인간은 사라지고 흑영신만이 남을 것이다.

만마박사는 두 사람이 행복하길 바란다. 그러나 동시에 그것이 불가능한 소망임을 안다.

'그럼에도 이 불경한 늙은이는 당신들에게 끝을 향해 가라고 등을 떠밀 수밖에 없구려. 교주, 신녀… 부디 흑영신께서 두 사람을 굽어살피시어 이 늙은이의 작은 머리로는 상상하지 못한 답을 내려주시길 바라겠소.'

─그런 답은 없다.

순간, 마치 만마박사의 마음을 읽은 듯한 목소리가 들려왔다.

5

끝없이 넘쳐흐르는 혼돈의 어둠 속에서 거대한 의지가 넘실거린다.

만마박사는 그 의지가 낯설지 않았다. 마치 피라미가 되어 고래를 바라보는 것처럼 거대한 미지였지만, 그럼에도 분명 그가 아는 존재가 말을 걸어오고 있었다.

─너도 알고 있지 않은가, 신의 도구로 살고, 신의 도구로 죽었으며, 그럼에도 여전히 신의 도구로 존재하는 자.

"혼마?"

—만마박사.

그 목소리가 한서우의 것으로 변하는 순간, 거대한 선의 형태로 꿈틀거리던 어둠이 폭발적으로 확장되면서 만마박사를 집어삼켰다.

'크윽······!'

그리고 무수한 사념이 만마박사를 덮쳤다. 만마박사는 거의 완성되어 가던 술법을 정지시키고 자신을 보호하는 데 전념하는 수밖에 없었다.

"젠장. 멋지게 당했어. 변명의 여지가 없군."

홍수처럼 쏟아지는 사념의 격류 속에서 한서우가 나타났다.

통일되지 않은 기억, 사고, 감정이 소용돌이치는 가운데 그의 모습이 불안정하게 흔들렸다.

만마박사가 물었다.

"시간의 흐름도 피해 가더니 죽음조차 초월했던 건가?"

"어디서 예전에 죽었던 놈 목소리가 들리는군."

"······."

"만마박사, 너는 나를 죽이지 못했다. 거의 죽기 직전까지 몰아넣었을 뿐이지. 사경을 헤매는 몸이다 보니 자신을 유지하기가 쉽지 않군."

"무수한 의지의 군집을 하나로 통합하던 한서우라는 존재를 유지할 수 없다는 거군. 나를 끌어들인 것은 적인 내 인식이 너를 규정짓기 때문인가?"

"역시 똑똑한 놈이라 이해가 빨라. 짜증 날 정도로."

한서우는 인간이고자 하는 혼원령의 화신이다. 그리고 만마박사가 그에게 입힌 타격은 혼원령이라는 거대한 혼돈을 통제하던 한서우의 인격을 유지하기 힘들게 만들었다.

하지만 인간은 타인의 시선을 통해 자신을 규정하는 존재다. 한서우라는 인간의 역사를 알고, 그를 무인으로서 사투를 벌일 대적으로 인식하는 만마박사를 통해서 한서우는 스스로를 유지할 수 있었다.

"만마박사, 협상을 하자."

"흑영신의 종인 이 몸과 협상? 내가 잘못 들은 것은 아니겠지. 네놈도 죽음을 앞두니 타락하는 건가?"

"나 혼자 죽는 걸로 끝나면 그냥 죽겠는데 그렇지가 않아서. 자, 봐라."

순간 사념의 격류 속에서 예지의 환영이 펼쳐졌다.

만마박사는 순간적으로 예지자의 관점을 엿볼 수 있었다. 과거와 현재와 미래가 연결되어 보인다. 당연히 현재에 묶여 있어야 할 인식이 시공간의 제약을 초월한 것처럼.

때로 그는 과거에 있다.

때로 그는 미래에도 있다.

원인과 과정과 결과가 동시에 인식된다.

그는 혼원령의 폭주를 잠재우지 못한다. 일생일대의 대술법을 완성하기 전에 혼원령의 적의가 그를 갈가리 찢어 통합한다.

혼원령은 거기서 만족하지 않는다.

손두언을 비롯한 별의 수호자 조직원들도, 흑영신교도들도 모조리 흡수해서 녹여 버린다.

"물론 혼원령의 힘도 무한하지는 않지."

하지만 혼원령이 스러지기 전까지 엄청난 수의 인간이 죽을 것이다.

뿐만 아니다. 혼원령의 재난은 하나로 그치지 않을 것이다.

혼원령이 셋으로 나뉘는 미래가 보였다.

첫 번째는 폭주가 시작된 이 지점에 도사린 채로 세계의 경계가 무너진 재해 지역을 만들어낸다.

두 번째는 무한한 허기로 자신을 채울 존재를 찾아 헤맬 것이다. 존재하는 모든 것을 통합해서 녹여 버리리라.

그리고…….

"세 번째는 끝없는 적의로 흑영신교를 치겠지."

한없이 신에 가까운 존재가, 어떤 제약도 없이 흑영신교를

친다.

무엇보다 그 방법에는 아무런 제약이 없다. 만약 흑영신교도 하나를 죽이기 위해 죄 없는 민간인 만 명을 죽여야 한다면, 혼원령은 아무런 주저도 없이 행할 것이다!

"네놈이 나를 죽이려고 동원한 수법이 문제였어."

"무슨 뜻이지?"

"삼극흑암이라고 했던가? 정말 굉장한 기술이었다. 그게 아니었다면 그냥 좀 폭주 좀 하고 끝날 수 있었지."

순간 예지의 일부가 된 만마박사의 정신에 인과가 인식되었다.

'아, 그렇게 된 것이었나!'

만약 한서우를 칼로 찔러 죽였다면, 그럼 혼원령의 힘이 폭주하면서 한동안 재해 지역이 형성되는 것으로 끝났을 것이다.

심상경의 절예로 기화시켜 죽일 수 있었다면 그런 여파조차 없이 깔끔하게 소멸시킬 수 있었으리라.

하지만 그 순간 만마박사가 궁극의 파괴력을 자랑하는 비술, 삼극흑암을 공격 수단으로 택한 것이 문제였다.

삼극흑암으로 한서우를 완전히 끝장냈다면 좋았을 것이다. 그러나 한서우가 직전에 회피를 시도한 결과 '인간 한서우' 만이 죽음에 이르는 상처를 입었다. 그리고 그의 인격을 억누르고 있던 혼원령이 폭주하기 시작했다.

삼극흑암은 신의 권속조차 멸할 수 있는 힘이기에, 한없이 신에 가까운 혼원령의 존재를 위협하고 그 적의를 샀다.

물질적, 영적 영역을 통합하고 현계와 마계와 그 경계까지 영향을 미치는 힘에 자극을 받아버린 혼원령의 본질이 확장되기 시작했다.

"죽이지 못하면 괴물을 깨우게 되는 일격이었는가……."

만마박사가 탄식했다. 흑영신교의 모든 비술을 통달한 그조차 혼원령의 본질을 완전히 파악하지 못했기에 발생한 참사였다.

한서우가 말했다.

"협력해라. 나의 적으로서 나를 규정하고, 술법으로 내가 폭주를 수습할 수 있도록 도와라."

"협상이라면 내가 얻는 것도 있어야겠지."

"이 자리에서 너를 살려 보내주지."

"그게 협상거리가 된다고 생각하나?"

"흑영신교에 대한 무한한 적의로 폭주하는 혼원령을 적으로 두기보다는 나, 혼마 한서우를 적으로 두는 게 낫다고 생각하지 않나?"

"……."

만마박사는 가만히 한서우를 노려보았다. 하지만 고민은

길지 않았다.

"마귀 같은 놈. 이미 내 속을 다 들여다봤구나."

"네가 현계에 미련이 철철 넘친다는 건 알지. 그게 삶에 대한 집착이 아니라는 것은 흥미롭지만."

"흐흐, 나는 망자의 잔재일 뿐. 살아 있다는 실감은 아름답지. 영원히 취해 있고 싶을 정도로 맛있고 향기롭지만⋯ 영원히 계속되는 만찬은 없다."

"네 양심을 달랠 명분도 충분히 마련되어 있다. 그렇지 않은가?'

여기서 한서우와 타협하는 것은 흑영신교를 배신하는 행위가 아니다. 전략적으로 볼 때 충분히 이익을 취하는 행위다.

"⋯⋯."

만마박사는 이미 결정을 내리고 있었다. 그럼에도 그는 곧바로 그 결정을 말하는 대신 뜸을 들이다가 물었다.

"⋯정말 그런 답은 없을까?'

"적인 내게 그걸 묻는 거냐?'

"적의 목숨을 살려주려고 하는 판에 이런 질문을 못 하겠느냐?'

"하하하, 그렇군."

유쾌하게 웃은 한서우가 진지한 표정으로 대답해 주었다.

"신은 변하지 않는다. 수많은 인간이 태어나고, 살아가고, 죽으면서 세상을 변화시킨다 하더라도 그 본질이 변하지 않기에 신이다."

"……."

"그러니 신이 정한 운명 또한 변함이 없다. 네가 알고 있는 끝은, 흑영신의 입장에서는 분명 완전무결한 구원이겠지. 그 구원에서 흠결을 찾고 다른 형태의 행복을 바라는 마음을 과연 흑영신이 이해할 수 있을까?"

신의 욕망은 단순하다. 신격이 거대하면 거대할수록, 더 높은 곳에 자리하면 자리할수록 그렇게 된다. 다만 그 욕망의 크기가 억조창생의 운명을 좌우할 정도로 클 뿐이다.

신은 너무 거대하기에 인간이 이해할 수 없는 존재다.

그리고 인간은 너무 작기에 신이 이해할 수 없는 존재다.

"상대에 대한 이해가 없는 배려는 폭력과 다름없다. 당연히 신의 선의와 상냥함은 인간에게 수도 없는 비극과 폭력이 되어왔지. 너는 그 사실을 지금까지 수도 없이 보아왔을 것이다. 하지만 이해하지는 않았지. 그저 그들은 연옥의 허상에 미혹된 가련한 존재들이라고 말하면서."

그리고 이제 만마박사는 그들의 입장을 이해할 것 같은 상황에 처해 있었다. 그 자신이 아니라 그가 안타깝게 여기는 두 젊은이를 보면서.

"생각해라."

신이 되기를 거부한 인간, 한서우가 준엄하게 말했다.

"인간이 행복하기 위해서 무엇이 필요한지, 신에게 기대지 말고 네 머리로 답을 찾아라."

"참으로……."

만마박사가 입을 열었다.

"진부한 소리로구나."

흑영신의 종으로 살면서 수도 없이 들어온 소리였다. 그런 말로 자신을 훈계하려는 자들에게 죽음으로써 다시 시작할 기회를 주는 것이 그의 삶이었다.

그런데 지금 이 순간, 한서우의 말은 왜 이리도 뼈저리게 다가오는가. 어째서 불경하기 짝이 없는 헛소리에 마음이 흔들리는가.

"너희들은 바보다. 너는 특히 바보야."

한서우가 그를 손가락질하며 비웃었다.

"만마박사, 너는 참 똑똑한 놈이야. 그리고 신을 위해서 그 똑똑한 머리를 아주 잘 썼어. 창의적이고 유능했지. 그런데 인간을 위해서 똑같이 해보라고 하니 아무것도 못 하는구나. 시작할 생각조차 못 해. 어쩌면 이리도 철저하게 길들여졌단 말이냐. 그 방식으로는 안 된다는 것을 알면서도 다른 방식을 궁리하는 것조차 죄업으로 여기는 삶이라니, 불쌍해서 눈물이 날 것 같군."

"……."

그 말에 만마박사의 표정이 일그러졌다. 하지만 그는 곧 한숨을 쉬며 고개를 절레절레 저었다.

"후우, 결론이 뻔한 헛소리를 듣겠다고 귀중한 시간을 낭비했구나."

"걱정 마라. 고작해야 눈 한 번 깜빡할 시간이었으니."

"큭, 세심하시군."

만마박사는 그제야 한서우와 대화를 나누고 있는 의식 세계의 시간이 극한까지 가속되어 있다는 사실을 깨달았다.

만마박사가 생자의 상태로 존재할 수 있는 시간은 제한적이고 얼마 남지도 않았다. 한서우도 그 사실을 잘 알았기에 그와 협상하기 위해 이런 조치를 취한 것이다.

"이제 협상의 결과를 알아야 할 시간이군."

"좋다. 협력하지. 그러나 만약……."

"걱정 마라. 나는 내 말을 지킬 것이다."

그리고 어둠이 다시금 만마박사의 눈앞을 가렸다.

6

쿠구구구구……!

하늘과 땅을 잇던 장대한 어둠의 선이 사그라들어 가고 있었다.

그 속에서 한서우와 만마박사가 서로를 노려보며 서 있었다.

"한고비는 넘겼군."

안색이 창백해진 한서우가 말했다. 그의 눈길이 자신의 손을 향했다.

혈관이 시커멓게 물들었다. 마치 검은 균열처럼 피부에 섬뜩한 윤곽을 드러낸 채로 맥동하고 있었다.

"커억……!"

그 앞에서 만마박사가 비틀거리면서 피를 토했다. 그는 손을 시뻘겋게 물들인 피를 보며 쓰게 웃었다.

"…시간이 다 됐군."

그의 몸이 어둠으로 화해 스러지기 시작한다.

만마박사에게 부여된 백일몽 같은 삶도 끝났다. 그 시간 동안 죽음을 맛보지 않았으니 그에게는 다음 기회가 있을 것이다.

한서우가 말했다.

"또 만나지. 그때는 오늘처럼 되지 않을 거다."

"……."

만마박사는 대답 없이 그를 응시하다가 사라졌다. 그의 기척이 완전히 사라지자 한서우가 비틀거리며 주저앉았다.

"으윽, 무서운 놈. 한동안은 꼼짝도 못 하겠군……."

혼원령의 폭주는 막았지만 그 대가는 컸다. 이제 그는 당분간 아무것도 하지 못하고 회복에 전념해야 할 것이다.

7

만마박사는 해골로 돌아와 있었다.

"돌아와 준 것에 감사한다."

잠시 단절되었던 의식이 깨어나자마자 교주가 말했다.

막 잠에서 깬 듯 얼떨떨해하던 만마박사가 한숨을 쉬었다.

"아이고, 면목 없소이다. 신기는 잔뜩 처먹어놓고 밥값을 못 했군."

"그대는 충분히 밥값을 했다."

빙긋 웃는 교주를 보며 만마박사가 말했다.

"혼원령을 너무 얕잡아 봤소. 설마 그런 사태가 벌어질 줄이야."

"그대의 선택은 옳았다."

교주는 만마박사가 한서우에게 협력해서 혼원령의 폭주를 잠재운 것을 두고 말했다.

순간 만마박사는 묘한 죄책감을 느꼈다. 교주의 태도에서 그가 자신과 한서우가 의식 세계에서 나눈 대화에 대해서는 모른다는 것을 알아차렸기 때문이다.

그 대화를 들었다면 교주의 표정은 어땠을까?

궁금했다. 또한 두려웠다.

'허어.'

만마박사는 탄식했다.

해골의 모습으로 연옥으로 불려 나온 순간부터 그는 전력을 다해 교를 위해 헌신했다. 떳떳하지 못한 적은 단 한순간도 없었다.

그러나 이제는 아니었다. 분명 그는 교를 위한 최선의 선택을 했다. 그런데도 왜 이런 기분을 느껴야 한단 말인가?

'혼마, 정녕 마귀 같은 놈.'

짧은 대화를 나누었을 뿐이고 정말 뻔한 헛소리를 들었을 뿐이다.

그런데 지금까지 무수히 들었어도 아무 감흥도 없던 말이 지금은 독이 되어 마음을 오염시키고 있었다. 흔들림 없던 철혈의 의지가 나약하게 흔들리는 감각은 죽음을 앞뒀을 때의 절망보다도 더 괴로웠다.

다행히 해골인 그에게는 표정도, 눈빛도 없었기에 교주는 그의 마음을 눈치채지 못했다.

"혼마도 무사하지 못한 것으로 보이니 이것으로 당분간 그의 방해 없이 일을 진행할 수 있을 것이다. 그리고……."

교주는 천리안으로 먼 곳을 바라보며 말했다.

"형운, 그자는 자신이 꿈꾸던 권좌를 손에 넣겠지."

흑영신교가 귀중한 전력을 희생시켜 가면서 이번 일을 행한 목적이 바로 그것이었다.

이것으로 대업은 한 걸음 더 가까워졌다. 교주가 이 세상에 태어난 이유, 그리고 지금까지 살아온 목적이 이루어질 날이 멀지 않았다.

'교주…….'

그런 교주의 뒷모습을 바라보는 만마박사의 심정은 착잡하기만 했다.

제192장

권좌(權座)

성운을
먹는자

1

별의 수호자는 발칵 뒤집어졌다.

수성 이선광이 죽었다.

그리고 차기 수성 후보 중 하나였던 파견 경호대주 손두언
이 중상을 입었다. 과연 회복까지 얼마나 걸릴지, 회복 기간
이 끝난다 한들 예전처럼 현역 무인으로 활동할 수 있을지 알
수 없는 중상이었다.

별의 수호자 입장에서 다행스러운 점은 둘 다 무사히 거래
물품을 황실에 인도하고 돌아오는 길에 횡액을 당했다는 것
이다. 하지만 그 사실을 기뻐하는 이는 아무도 없었다.

"미치광이 놈들……."

운 장로가 탄식했다.

오성은 별의 수호자의 무력을 상징하는 존재다.

오성과 별의 수호자의 정예가 이끄는 수송단을 치는 것은 흑영신교에게도 큰 부담을 지는 일이다. 아무리 가치 있는 물건을 수송하고 있더라도 그곳에서 팔대호법급 인재를 잃을 각오를 해야 하는데, 과연 그런 위험 부담을 져가면서까지 그 물건을 얻을 가치가 있을까?

하물며 그 수송단이 이미 물품을 인도하고 난 후라면 전혀 그럴 가치가 없다. 그런데도 큰 출혈을 감수해 가면서 싸움을 걸어온 것이다.

실제로 그들은 큰 희생을 치러야 했다. 우두머리를 제외한 별의 수호자 무인들과 흑영신교도들의 싸움은, 흑영신교도 측이 훨씬 많은 피해를 입는 것으로 끝난 것이다.

"도무지 이해할 수가 없군. 미친놈들의 머릿속을 어떻게 이해하겠냐마는……."

총단에서는 연일 장로들과 무력단의 수뇌들이 모여서 격론을 벌이고 있었다.

하지만 도무지 흑영신교의 의도를 짐작하지 못하고 있었다. 수많은 가설이 나왔지만 납득 가는 것이 없다.

"놈들의 의도를 읽는 것보다 더 중요한 일이 있습니다."

"…알고 있네."

풍성 초후적의 말에 운 장로가 피로에 찌든 얼굴로 머리를 쓸어 넘겼다.

흑영신교의 의도를 파악하는 것보다는 당장 오성의 빈자리를 채우는 것이 더 중요하다. 오성의 자리는 오래 비워둘 수 없는 자리였고, 이런 상황에서는 더더욱 그랬다.

"이미 결정 사항이었거늘, 미치광이 놈들이 아예 그날을 앞당겨 주기까지 하는군."

이선광의 뒤를 이어서 수성의 자리에 오를 후보는 여럿이었다.

하지만 그 후보들의 목록을 검토하는 것은 아무런 의미도 없다.

왜냐하면 모두가 알고 있기 때문이다. 그 자리에 어울리는 것은 단 한 사람뿐이라는 것을.

"스물일곱 살에 오성인가, 허허허. 내 손으로 이 아이를 오성에 올리는 날이 오다니 정말 꿈에도 상상하지 못했군."

운 장로는 인생무상을 느끼며 허탈하게 웃었다.

그가 권력 그 자체를 바라는 인간이었다면 조직의 역량이 깎여 나가든 말든 정치적인 입장을 고려한 선택을 내렸을 것이다. 그러나 그는 그런 사람이 아니다. 그에게 있어서 권력은 목표를 이루기 위한 수단에 불과했다.

따라서 이 시점에서 정치적 입장 따위는 아무런 의미가 없다. 흑영신교는 별의 수호자를 향해 치명적인 독니를 드러냈고, 별의 수호자는 그들의 독니를 부러뜨릴 무력을 필요로 했다.

2

장로회의 결단은 빨랐다. 그들은 차기 오성을 결정하기 위해 총의를 모았다.

그리고……

"만장일치군. 수성은 특무대주 형운으로 결정되었소."

수성의 권좌는 형운의 것이 되었다.

때는 8월 중순, 수성 이선광이 죽은 지 채 열흘이 지나지 않은 시점의 일이었다.

3

"언제고 이날이 올 줄은 알았지만… 이런 식으로 오기를 바란 것은 아니었는데."

장로회의 결정을 통지받은 형운은 쓴웃음을 지었다.

오성이 되고 싶었다. 그리고 언젠가 귀혁의 뒤를 이어 영성의 자리를 차지하고 싶었다.

그리고 한번은 스스로 생각해도 놀라울 정도로 빠르게 그 자리에 가까워졌었다. 하지만 결국 조직의 이익 대신 스스로의 신념을 선택함으로써 최단거리로 가는 기회를 저버리고 먼 길을 돌아가게 되었다.

인생이란 정말 알 수 없는 것이다.

스스로를 돌아보고자 떠난 여행에서 얻은 인연들이 멀어졌던 목표를 단숨에 눈앞까지 가까워지게 만들었다. 그 시점에서 형운은 언제고 그 권좌에 자신이 앉을 것을 확신했지만, 그럼에도 그날이 바로 오늘이 될 것이라고는 상상하지 못했다.

권좌는 한정되어 있었고 누군가 물러나서 그 자리를 비우지 않는 한 아무리 노력해도 올라갈 수 없다. 따라서 그 자리에 앉은 타인의 불행은 그 자리를 원하던 자신의 행복이 된다.

그렇다면 최소한 행복하기라도 해야 할 것이다. 그러나 형운은 행복하지 않았다. 오랫동안 꿈꾸던 목표를 이루었는데도 마치 죄인이라도 된 것처럼 가슴이 쓰라릴 뿐이었다.

상황이 상황이니만큼 수성 취임은 벼락처럼 빠르게 이루어졌다.

취임식은 오성의 무게를 생각하면 간소한 편이었다. 그러나 초라하지는 않았다. 서두르느라 고위급 인사들의 일정을 고려하지 않았을 뿐, 참석자가 500명이 넘었으니까.

이 사실에 누구도 불만을 갖지 않았다. 당사자인 형운은 굳이 취임식을 해야 하는가 불편해하고 있었고.

하지만 그것이 필요한 절차임을 형운도 이해하고 있었다. 오성은 결코 가벼운 자리가 아니다. 별의 수호자의 무력을 상징하는 그들은 사람들에게 존재만으로도 안심을 줄 수 있어야만 한다.

그것은 불안해하는 사람들을 위한 선언이었다.

자, 보아라.

수성 이선광은 명예로운 싸움으로 의무를 다하고 죽었다.

그리고 우리에게는 그의 의지를, 의무를 이어받을 사람이 있다.

수많은 위협이 존재하는 세상 속에서 오성의 권좌는 비어 있어서는 안 되었다. 언제나 모두가 의지하는 존재로서 그 자리를 지켜줘야만 했다.

그래서 형운은 수성이 되었다.

특무대는 수성 직속 조직이 되었으며, 형운은 부대주 중 한 사람을 특무대주로 앉혀주었다. 무공과 관리자로서의 능력

양쪽을 갖춘 인재였다.

형운을 위해 강주성에서 총단으로 상경한 특무대주 호위단은 그대로 특무대 소속으로 남았다. 형운이 수성이 된 시점에서 그들은 더 이상 형운 직속으로 있을 수 없었다. 하지만 그들이 해야 할 일이 변하는 것은 아니었다.

"누나."

"예."

특무대주 호위단 중에 단 한 명, 가려만은 형운을 따라서 특무대를 나왔다.

"수성 호위대주를 맡으세요."

"알겠습니다."

"분명 인맥으로 앉힌다면서 반발이 있을 거예요."

오성의 세대교체와 각 오성 호위대주의 세대교체는 별개였다. 오성 호위대주는 별의 수호자의 호위무사가 올라갈 수 있는 최고의 자리 중 하나다. 피나는 노력과 온갖 고생을 해가면서 그 자리에 오른 이를 단지 모셔야 할 윗사람이 바뀌었다는 이유로 바꾸는 것도 가혹한 일이리라.

하지만 그는 이선광을 지키지 못했다. 필요하다면 자신이 죽더라도 호위 대상을 지키는 것이 호위무사의 일이니, 이선광이 임무 수행 중 사망한 시점에서 그가 물러나는 것은 정해진 일이었다.

그럼에도 그 자리에 가려를 앉히는 것은 반발을 살 수밖에 없는 일이다. 가려는 수성 호위대주가 될 만한 경력을 쌓지 못했으니까.

"며칠 안으로 자리를 만들어줄 테니 시간 끌지 말고 정리하세요."

"예."

형운은 실력으로 그들을 납득시키라고 말했고, 가려는 그러겠노라고 답했다.

"그래도 정신 못 차리고 불화를 일으키는 자들은 바로 알려주세요."

"어떻게 하실 생각입니까?"

"정리할 거예요."

"……."

"모든 게 갑작스럽게 닥쳐왔어요. 그리고 느긋하게 내부 정비를 하고 있을 시간도, 여유도 없어요."

매정하게 들릴 수도 있는 말이지만, 형운은 이 건에 대해서는 인정사정 보지 않을 생각이었다.

형운은 척마대와 특무대, 두 조직을 창설하고 대주직을 수행하며 궤도에 올려놓은 경험이 있다. 하지만 그렇다고 해서 수성의 업무에 익숙해질 시간이 필요하지 않은 것은 아니다.

특무대 업무도 놓을 수 없는데, 거기에 수성 업무까지 보려면 몸이 열 개라도 부족하다. 게다가 명쾌한 외부의 위협들 때문에 수성이 되었는데 인정 때문에 내부의 위험 요소를 방치한다? 그런 어리석음을 범할 생각은 없었다.

"강경한 조치가 반발을 부를 수도 있지 않겠습니까?"

"감수해야지요."

"알겠습니다."

형운의 뜻이 단호하니 가려는 더 말하지 않았다. 자신은 형운이 맡긴 일을 해내면 그만이다.

4

형운은 발 빠르게 움직였다.

고인이 된 전 수성 이선광과 달리 형운은 총단에 방대하고 강력한 인맥을 갖고 있다. 수성 휘하의 조직을 개편하면서 빠르게 장악해 나가기 시작했다.

며칠 동안 형운은 사람을 만나고, 인재를 추천받았으며, 몇몇 조직의 수장을 자신의 사람으로 교체했다.

가혹한 조치였지만 정치적 입장이란 때로 사람에게 악귀가 될 것을 요구하는 법이다. 선의만으로는 조직을 이끌 수 없다. 때로는 이기적이어야 하며, 자신의 편을 명확히 해야 한다.

형운은 이미 척마대와 특무대의 경험으로 그 사실을 마음에 새기고 있었다.

다만 그 과정이 단순히 정치적 입장만으로 정해지지는 않았다. 형운은 그저 줄을 잘 대는 것만으로 인생의 흥망이 결정되는 것을 싫어했기에 확실한 잣대를 적용했다.

외부와의 거래에서 청탁을 받아 부정부패를 저지른 자들, 정치적 입장을 우선한 나머지 능력과 성과를 보인 자들에게 부조리한 처우를 한 자들, 권력을 이용해서 경력을 훔치거나 보복성 인사 조치를 행하는 등 폭거를 저지른 자들이 잘려 나갔다.

형운의 행보를 정리한 보고서를 본 운 장로가 쓴웃음을 지었다.

"참으로 한결같군."

형운은 운 장로 일파의 사람들이라도 자신의 잣대에 부합하면 건드리지 않았다. 호용아를 척마대 부대주로 받아들였던 척마대주 시절이나 지금이나 변하지 않았다고 선언하기라도 하는 것처럼.

"수성 호위대는 20명 이상이 방출당했습니다."

"그런 점은 또 단호하지. 물러 터진 것 같으면서도 또 확실해야 하는 부분은 확실해."

가려는 수성 호위대주로 취임했다.

그리고 그날, 대기조를 제외한 수성 호위대 전원이 가려와 겨뤄서 압도당했다고 한다. 변명의 여지조차 없는 실력 차 앞에서 대다수는 깔끔하게 승복할 수밖에 없었지만 모두가 그랬던 것은 아니었다.

그녀의 출신, 신분, 나이와 경력을 흠잡으면서 불성실한 태도를 보이는 자들이 있었다. 형운은 그들을 가차 없이 방출해 버렸다.

"가려, 이 아이 실력이 대단하다는 것은 알고 있었지만 이 정도일 줄은 몰랐군."

가려가 암야살예 자혼의 제자라는 것은 운 장로 일파에게 알려지지 않은 비밀이었다.

일존구객의 일원이라고는 하지만 자혼은 자객이다. 황실에서 막대한 현상금이 걸려 있는, 사회적으로는 악인의 낙인이 찍힌 인물이다.

가려가 별의 수호자라는 조직의 일원으로 살아가는 이상 자혼의 제자라는 것은 세상에 알려져서 좋을 것이 없는 이야기였다. 그렇기에 서하령은 물론이고 마곡정도, 오량도 이 사실에 대해서만큼은 비밀을 지켜주었던 것이다.

가장 중요한 배경을 알지 못하는 상황이니 이번 일로 드러난 가려의 실력에는 놀랄 수밖에 없었다.

공식적으로 가려는 전 영성 호위대주였으며 지금은 무룡

원주가 된 진석준의 제자다. 그리고 9년 전, 오량을 꺾고 총 단의 신년 비무회에서 우승을 거머쥔 전적이 있었다.

하지만 그 후로 9년간의 행보는 흐릿하다. 거의 대부분 호위무사로서 형운의 곁을 지켰고, 무인으로서의 공적은 눈에 띄지 않았다.

물론 짐작할 수 있는 단서들은 있었다. 그 기간 동안 형운이 겪은 일들을 보면, 그 곁에서 함께 싸워서 살아남은 것만으로도 그녀가 뛰어난 실력을 지녔음은 검증되었다고 봐야 할 것이다.

하지만 실제로 드러난 실력은 그렇게 짐작할 수 있는 수준을 훨씬 뛰어넘었다.

"풍성이 얕볼 수 없는 아이라고 했으니 그만한 실력이 있겠지. 하지만 이건 정말 놀라운데……."

"무학원의 평가로는 심상경의 고수일 가능성이 있다고 합니다."

"흠……."

운 장로 일파는 가려의 실력이 드러나자마자 무학자들로 하여금 그녀의 무위를 평가하도록 했다. 그리고 그 결과는 충격적이었다.

"어떻게 된 세상인지 모르겠군. 젊은 세대에서 이렇게 심상경의 고수가 홍수처럼 쏟아져 나오다니……."

형운, 서하령, 마곡정에 이어 가려까지… 젊은 세대에서만 심상경의 고수가 네 명이나 나온 것이다. 아무리 별의 수호자의 인재층이 두껍고 심상경의 고수도 꾸준히 나온다고 해도 비정상적인 일이었다.

"하긴 이런 시대이기에 광세천의 신화가 끝난 것인가."

아직까지 세상을 지배하는 신화가 하나둘씩 끝나가고 있었다. 운 장로의 일생 동안 벌써 혼원교와 광세천교, 두 개의 신화가 황혼을 맞이했다.

'그리고 어쩌면 흑영신교의 끝도 볼 수 있을지도 모르지.'

그런 조짐은 많이 있었다. 신화시대부터 천 년 이상이나 '미래의 언젠가'를 염두에 두며 장대하고 느긋한 행보를 보였던 흑영신교는 이 시대에 와서는 내일이 없는 사람처럼 필사적이었다. 그 이유는 뻔했다.

그들은 제2의 적호연이 나타나는 것을 두려워하고 있다.

"어쩌면 이 아이들의 존재 또한 하늘의 안배일지도 모르지. 하지만… 우리는 하늘이 우리를 가호하기만을 기다릴 수 없다."

운 장로는 쓴웃음을 지었다.

하늘의 뜻이 흑영신교의 멸망에 있다 할지라도, 그것이 별의 수호자의 안위를 지켜준다는 의미는 아니다. 인간은 하늘이 자신을 지켜주기를 기대하는 것이 아니라 스스로 그 방법을 궁리해야만 한다.

그것이 별의 수호자가 지금껏 해온 일이었다.

연단술을 발전시키고, 무학을 연구하고, 강력한 무인을 효율적으로 육성할 수 있는 체계를 다듬어왔다.

그것으로도 모자라서 흑검대처럼 좀 더 인공적이고 안정적으로 병력을 양산하는 체계까지 완성했다.

흑검대는 강호의 무인들이 내공을 연마함에 있어 1차적으로 부딪치는 벽, 4심의 벽을 확실하게 넘을 수 있는 방법이다. 평균적인 수준이 높은 무인을 안정적으로 만들어낼 수 있는 것이다.

또한 흑검대 연구는 아직 현재진행형이다. 이미 척마대 부대주인 호용아처럼 재능 있는 인물이 그 한계를 넘을 수 있도록 하는 방법이 실현되기 직전까지 와 있었다.

"확실히 이 시대는 세상에도, 우리에게도… 격변의 시기겠지."

운 장로는 또 다른 보고서를 바라보았다. 그 보고서의 내용을 요약하면 다음과 같았다.

'천공지체 연구진, 며칠 안에 최초 성공 사례 두 명을 통해 내공 7심 달성을 시도할 것으로 보임.'

최초의 천공지체 성공 사례인 척마대 부대주 강연진과 오연서.

6심에 머무르고 있는 두 사람의 내공을 7심으로 상승시키기 위한 준비는 오랫동안 차근차근 이루어졌다. 그리고 조만간 시도가 이루어질 것으로 보였다.

또한 2세대 천공지체를 만들기 위한 작업도 차근차근 진행 중이다.

천공지체 연구진은 2세대까지 진행하고 나면 천공지체의 양산형, 천명신이 가시화될 것으로 보고 있었다. 그것을 위해서 천명단보다는 저렴하게 양산할 수 있는 비약들에 대한 연구도 착착 진행되는 중이다.

별의 수호자는 하늘의 뜻이 자신들을 가호해 주길 기다리지 않는다. 설령 하늘의 뜻이 그들의 멸망을 바라더라도 이겨낼 대비를 하는 것이 그들의 방식이었다.

"시기가 한발씩 뒤처지는 것은 어쩔 수가 없군."

운 장로가 쓴웃음을 지었다.

백운지신 연구진 쪽도 천공지체 연구진과 거의 비슷한 계획을 잡고 있다. 하지만 천공지체 연구진보다 약간씩 시기가 늦어지는 것은 어쩔 수가 없었다.

조만간 양우전의 내공을 7심으로 끌어 올리고자 하는 시도가 있을 것이다. 운 장로는 그것을 위해서 직접 운벽성으로 향할 예정이었다.

"어차피 뒤처지는 게 확정 사항이라면… 흠, 좋아. 그것도 괜찮겠어."

운 장로는 재미있는 장난이라도 생각해 낸 사람처럼 웃었다.

그는 조직의 미래를 걱정하지 않았다. 천공지체와 백운지신, 어느 쪽이 승리자로 남든 별의 수호자는 과거보다 강력한 무력을 얻게 된다. 우연히 태어나는 희소한 재능이나 기연에 의존하지 않는, 안정적인 과정을 통해 완성할 수 있는 힘을.

그 체계가 완성되는 순간, 별의 수호자는 외부의 그 어떤 위협도 두려워하지 않게 되리라.

5

권좌의 주인이 바뀔 때는 언제나 피바람이 분다.

권력의 속성은 그러했다. 권좌에 앉는 자는 그만큼 많은 사람의 지지를 등에 업은 사람이기 때문이다.

오성의 권좌 또한 마찬가지였다. 오성이 바뀔 때마다 그 밑의 조직들에는 피바람이 불었다.

실제로 피 흘리며 죽어나가는 사람이 있다는 뜻이 아니다. 각각의 자리에서 나름의 권력을 행사하는 자들이 교체될 뿐이다. 하지만 그것은 수많은 이의 운명을 바꾸는 일이었다.

형운 역시 그런 숙명을 피해 갈 수 없었다.

고인이 된 전 수성, 이선광은 중립파 장로들이 등을 떠밀어서 수성이 된 사람이었다. 그래서 그가 인사권을 행사한 경우는 그리 많지 않았다.

그리고 그가 주관하고 있던 휘하 조직은, 그 전까지는 지성 위지혁 휘하의 조직이었다.

당연히 운 장로 일파가 주류였다. 이선광이 취임했을 때는 몰라도 형운이 취임했을 때는 지각변동이 일어날 수밖에 없었다.

"후우."

격무에 시달리던 형운이 한숨을 쉬었다.

원래 새로운 직위에 취임하면, 그것도 책임이 큰 자리라면 해야 할 일을 파악하는 과정만으로도 업무량이 큰 법이다. 원래 하던 일도 많던 형운은 일주일째 거의 잠도 못 자고 격무에 시달리고 있었다.

'내가 말도 안 되게 튼튼해서 다행… 아니, 이거 혹시 오히려 불행한 거 아냐?'

보고서와 서류를 검토하고, 도장을 찍고, 찾아오는 사람들을 만나고, 여러 곳을 시찰하고, 또 사람을 만나고, 만나고……

눈코 뜰 새 없이 바빴다. 더 불행한 것은 형운의 27년 인생에 이렇게 바쁜 것이 처음이 아니라는 점이다.

'내가 무슨 죄를 지어서 이런 지옥에 떨어진 거냐······.'

일반인이라면 일찌감치 과로사하고도 남았을 살인적인 일정이다. 하지만 비정상적으로 튼튼한 형운은 이만큼이나 혹사당하고도 눈조차 침침해지지 않았다.

하지만 몸이 지치지 않는다고 해서 정신도 지치지 않는 것은 아니다. 슬슬 글자가 글자로 안 보이기 시작하고 있었다.

"수성님, 손님이 찾아오셨습니다."

"약속이 있었던가요?"

"아닙니다."

미리 약속을 잡지 않으면 만날 수 없는 사람이 바로 형운이었다.

그런데도 불쑥 찾아와서 만나자고 하는 사람이 있다는 사실을 이렇게 알려왔다면, 찾아온 사람이 그래도 되는 인물이라는 뜻이다.

"홍주민 전임 화성님께서 찾아오셨습니다."

"응접실로 모시고 다과 준비해 주세요."

형운은 검토하던 서류를 책상 한구석에 던져놓고는 응접실로 향했다.

그리고 홍주민을 보자마자 놀랐다.

"오랜만에 뵙습니다. …건강해 보이시는군요."

홍주민은 광세천교가 진 일월성단을 탈취하고자 공격해 왔을 때 큰 내상을 입고 완전히 은퇴했다. 나이 든 몸에 큰 내상까지 입었으니 당연히 건강은 좋지 않았다.

별의 수호자에서 그의 치료에 공을 들였기에 몸을 쓰는 데 불편함을 느끼지 않았다. 하지만 무인으로서 무리하면 언제든지 내상이 도질 수 있는 그런 상태였다.

그러니 형운의 요청에 응해서 실전에 나섰던 것도 무모한 짓이었다. 광세천교와의 최종 결전 이후로는 건강이 크게 악화되어서 계속 고생했었다.

홍주민 본인의 선택이었기는 하지만 형운은 그에게 죄책감을 느꼈고, 그래서 종종 방문해서 기공사 노릇을 해주었다. 하지만 요즘은 워낙 바빠서 마지막으로 그의 얼굴을 본 것이 마곡정과 예은의 혼인식 때였다.

그때만 해도 홍주민의 안색은 곧 죽을 사람처럼 나빴다. 그런데 지금은 혈색이 정말 좋아져 있었다.

홍주민이 빙긋 웃었다.

"네가 그리 말할 정도니 내가 정말 건강해지긴 했나 보구나. 아, 이제 수성인데 예우를 해줘야겠지."

"괜찮습니다. 공식 석상도 아닌데요. 그냥 편하게 말씀하세요."

"그렇게 하마. 실은 이 늙은이가 청탁을 좀 받고 왔다."

"…청탁입니까."

달갑지 않은 이야기였다. 하지만 형운은 홍주민에게 진 빚이 많아서 어지간하면 들어줄 수밖에 없었다.

형운이 속내를 감추고 담담하게 대꾸하자 홍주민이 껄껄 웃었다.

"오랜만에 찾아와서 이런 이야기를 해서 미안하구나. 하지만 은퇴한 노인네들한테는 중요한 문제라."

그 말에 형운은 의아함을 느꼈다. 홍주민이 굳이 청탁이라는 표현을 쓴 것으로 봐서 정치적으로 곤란할 수 있는 이야기일 것이다. 하지만 은퇴자들에 대한 문제라니?

홍주민이 말했다.

"일단 내 건강에 대한 것부터 설명하마. 흠, 흑검대에 대해서는 잘 알 테니 설명할 필요 없겠고… 흑검대 관련 연구 중에 인공기심을 통한 내상 치료가 있다는 것도 알겠지?"

"벌써 홍 노사님 정도 되는 분에게 적용할 정도의 단계에 이르렀단 말입니까?"

형운이 깜짝 놀랐다.

흑검대 관련 연구가 의료용으로도 쓰인다는 것은 알고 있었다. 처음 흑검대가 발표된 후로 4년이 지났으니 실용화 단계에 이르렀어도 이상하지는 않다.

하지만 내상 치료는 치료 대상의 내공이 심후하면 심후할수록 어려운 법이다. 내공이 심후한 무인일수록 내상 치료는 치료의 실력보다는 본인이 그것을 다스릴 수 있느냐 없느냐가 크게 좌우했다.

그런데 흑검대의 인공기심 연구가 8심 내공을 지닌 홍주민이 몇 년 동안 고생해 온 내상을 치료할 수준에 이르렀다니, 놀랄 수밖에 없다.

홍주민이 빙긋 웃었다.

"완벽하진 않다. 무인으로서는 많은 제약이 생기니까."

흑검대 연구진은 홍주민에게 손상이 심한 두 개의 기심을 인공기심으로 대체하는 시술을 했다. 그 결과 죽 불안정해졌던 홍주민의 체내 진기 흐름은 점차 안정적으로 변했고, 자잘한 기맥의 손상도 나아가기 시작했다.

다만 인공기심은 원래 그가 가졌던 기심처럼 강력하지 못했다. 홍주민은 이제 내공을 마음껏 쓸 수 없는 몸이 되었다.

"하지만 나야 이미 은퇴한 몸이지 않느냐. 게다가 더 이상 자다가 갑자기 내상이 도져서 죽을 걱정은 안 해도 된다더구나."

"정말 잘됐군요. 축하드립니다."

"고맙구나. 그리고 미안하다. 이제 더 이상은 같이 싸워주지 못할 것 같구나."

진심으로 미안해하는 홍주민의 말에 형운은 가슴속에서 울컥 치미는 감정을 느꼈다.

이미 부상당해서 은퇴한 노무인은 두 번이나 형운을 위해 목숨을 건 전장에 나서주었다. 그것은 형운과의 인연 때문이 아니라 후배인 귀혁과의 인연 때문이었고, 그가 무인으로서 마교에게 품은 원한이 있어서였다.

그러니 그가 미안해할 것은 아무것도 없다. 형운은 노선배에게 한없이 미안하고 감사할 따름이었다.

"지금까지 너무 많이 싸우셨습니다. 이제는 후배들에게 맡기고 쉬셔야지요."

"…오래전부터 그러고 싶었지."

그는 오래전에 화성직에서 은퇴했던 몸이었다. 그러나 평생을 헌신해 온 조직에 위기가 닥치자 지친 몸을 이끌고 다시금 임시 지성이 되어 싸웠다. 그로 인해 큰 부상을 입고 완전히 은퇴한 후에도 두 번이나 큰 싸움에 나서주었다.

"그런데 정작 결정되고 나니… 아쉽구나, 허허. 다 내려놨다고 생각했는데 그렇지가 않았어."

그의 삶은 눈부셨다. 무인이라면 누구나 그의 삶을 선망할 것이다.

무인으로서 지고한 경지에 올랐고, 별의 수호자의 오성이라는 권좌에도 앉았으며, 뛰어난 제자를 키워 오성 자리에 앉히기까지 했다. 그리고 이제는 몸 성히 은퇴하여 편안한 노년을 보낼 수 있게 되었으니 무인으로서 이다지도 아쉬움 없는 삶이 또 있겠는가?

그런데도 아쉬웠다.

'이 아이 때문이겠지.'

평생을 무인으로 살아왔다. 철들기 전부터 무인으로 살아왔고, 늙어서 죽을 날이 가까울 때까지도 무인으로 살기를 멈추지 않았다.

그렇기에 그는 무인으로서 의미 있는 싸움을 하고 싶었다. 설령 싸우다 힘이 다해 죽는다 하더라도, 자신의 검이 존귀한 가치를 실현하기를 바랐다.

무리해 가면서 형운의 부탁에 응했던 것도 그런 이유에서였다. 그 반동으로 곧 죽을 사람처럼 골골거렸지만 홍주민은 전혀 후회하지 않았다.

천 년 이상 이어져 온 광세천의 신화에 종지부를 찍었다. 그는 분명 그 자리에 있었고, 그것은 목숨을 바칠 가치가 있는 싸움이었다.

그래서 아쉽다.

별의 수호자의 무인으로서는 아쉬움이 없다. 할 만큼 했다. 해내고자 했던 것은 다 해냈다.

하지만 조직의 일원이 아닌 한 사람의 순수한 무인으로서는 아쉬움이 남는다.

조금만 더, 한 번만이라도 더 싸울 수 있다면 분명 그가 살아온 시대를 지배했던 공포의 신화를 끝내는 싸움에 검을 바칠 수 있을진대⋯⋯.

잠시 형운을 바라보던 그는 상념을 털어내고는 말했다.

"오늘 찾아온 것은 네가 전 성운검대주의 인공기심 시술을 도와줬으면 해서란다."

"고동준 노사 말씀입니까?"

"그래."

전임 성운검대주 고동준은 일월성신이 되어 폭주한 유명후와의 싸움에서 깊은 내상을 입고 은퇴했다.

"성운검대주가 내게 와서 부탁하더구나."

현 성운검대주 양준열은 전 성운검대주 고동준의 유일한 수제자였다. 그런 만큼 사제 간의 정이 각별한 것으로 알려져 있었다.

"고동준은 나보다 상세가 훨씬 안 좋다. 오늘내일하면서 골골대고 있었지. 그래서 인공기심 시술을 한다 해도 성공을 장담할 수 없다는 모양이다. 그쪽 연구진은 네가 도와주면 성공률이 크게 높아질 거라고 하더구나."

"⋯⋯."

"어려운 부탁이라는 것은 안다. 하지만 서로의 입장을 떠나서 평생을 별의 수호자에 헌신한 무인에 대한 예우로서 이 일을 도와줬으면 하는구나."

흑검대 연구는 운 장로 일파의 것이었다. 그리고 아직 진행 중이다. 이 시점에서 고동준을 치료한다면 큰 성과로 인정된다는 뜻이다.

형운 입장에서는 정적을 도와주는 일이다. 껄끄러운 것이 당연했다.

하지만 형운은 길게 고민하지 않았다.

"홍 노사님께서 그렇게 말씀하시는데 제가 설마 거절하겠습니까."

"고맙구나. 현역일 때는 참 고까운 후배였는데, 둘 다 은퇴하고 나니 그냥 두고 볼 수가 없어서……."

장로회 직속인 성운검대와 오성 휘하인 별의 군세 사이에는 전통적인 알력이 있었다.

홍주민도 그런 전통에서 벗어나지 못해서 화성일 때도, 임시 지성일 때도 성운검대주와 조금씩 마찰을 빚었다. 하지만 은퇴하고 나니 그런 감정도 다 예전의 치기로만 느껴져서 웃음이 나올 지경이었다.

"시술은 비밀리에 진행할 게다. 일정이 잡히면 연락하라고 말해두마."

"알겠습니다."

"모처럼 봤으니 이야기를 나누고 싶지만… 눈코 뜰 새 없이 바쁠 테니 이만 가보마. 네 사부한테나 가봐야겠구나."

형운의 처지를 짐작한 홍주민은 더 시간을 빼앗지 않고 떠났다.

다시 집무실로 돌아온 형운은 일하는 대신 창밖을 바라보며 중얼거렸다.

"은퇴라……."

얼마 전, 바로 이 자리에 앉아 있던 이선광이 죽었다.

자식과 제자를 키우며 편안한 노년을 그리던 그는 젊은 시절 꿈꿨던 그 권좌에 올랐기 때문에 죽었다.

그리고 지금, 형운은 무인으로서의 싸움을 끝내고 은퇴해서 편안한 노년을 보낼 사람을 만났다.

극명하게 대비되는 두 사람의 운명이 형언할 수 없는 감정을 불러일으켜서, 형운은 한참 동안 말없이 창밖을 바라보고 있었다.

제193장
뜻밖의 동행

성운을 먹는자

1

하운국에서는 천두산의 재해가 봉합된 후로 새로운 공포
가 역병처럼 퍼져 나가고 있었다.

마인들의 활동이 이상할 정도로 거세졌다. 관군이나 그 지
역의 명문정파에서 나서면 도망가기 바빴던 마인들이 오히려
역습을 가하면서 피바람이 불고 있었다.

그리고 하나의 이름이 수면으로 떠올랐다.

암천동맹(暗天同盟).

마인들로 이루어진 이 조직의 정체는 아무도 알지 못했다.
분명한 것은 그들이 마인을 양산하고 있으며, 그렇게 양산한

마인들로 하여금 혼란을 일으킨다는 사실이다.

마인이 조직화되는 경우는 극히 드물다고 알려져 있었지만 암천동맹은 이 문제를 간단하게 해결했다.

바로 강한 중독성을 자랑하는 마약이나 다름없는 비약을 제공한 것이다.

이 사실을 밝혀낸 것은 황실의 마교 대책반이었다.

암천동맹의 배후에 흑영신교가 있으리라 여겼던 그들은 조사를 거듭할수록 불길함을 느꼈다.

'이놈들은 흑영신교와도 적대한다.'

이유까지는 알 수 없지만 흑영신교와 암천동맹이 멸망한 광세천교의 흔적을 두고 다툰 정황이 포착되었다.

'암천동맹이 단시간에 마인을 늘리는 과정은… 혈살단에 가깝다.'

황실의 마교 대책반은 별의 수호자 첩보부와 협력 체계를 구축하고 암천동맹의 본질을 파고든 끝에 많은 것을 알아내었다.

암천동맹은 마치 전염병과도 같다.

일반적인 방법이 아니라 희귀한 요괴의 영육을 인간에게 먹이는 것으로 마인을 만들어내고, 중독성 있는 비약으로 그들의 힘을 폭증시키는 동시에 통제한다.

하지만 그 통제의 목적이 무엇인지는 알 수 없었다. 그들은 닥치는 대로 마인을 불리고, 마인들을 모아서 날뛰게 할 뿐이었다.

이런 암천동맹의 움직임은 그들의 정체를 파악하고자 하는 자들에게 혼란을 안겨주었다.

도대체 조직의 목적이 무엇이기에 이따위로 행동할 수 있단 말인가?

마치 혼돈 그 자체가 목적인 것 같은 기괴한 조직이 아닌가?

2

"또 암천동맹 놈들이군."

척마대 운벽성 지부장인 양우전이 이를 갈았다.

암천동맹의 활동이 가시화되면서 척마대와 부딪치는 일이 잦아졌다.

이제는 별 시답잖은 놈들까지 암천동맹의 일원임을 칭하고 있는데, 골치 아픈 점은 이들이 점조직화되고 있다는 점이다.

예전에는 혼자서 활동했던 놈들도 두세 명 이상씩 모여서 다니는 경우가 많아졌다. 그리고 마치 질병이 전염되듯 마인의 수가 늘어나고 있었다.

'젠장, 아무리 그래도 불어나는 속도가 너무 빠르잖아. 마인이 이렇게 쉽게 불어날 수 있는 거였나?'

운벽성 지부장으로 활동하는 동안 암천동맹과 부딪치는 것만도 벌써 세 번째였다.

들려오는 소식에 의하면 황실 마인 대책반도 위기감을 느끼고 있다고 했다. 이대로 가다가는 암천동맹은 마교 이상의 위협이 될지도 모른다. 풍령국 위령성의 환마 재해처럼.

'이놈들은 역병이나 재해로 취급해야 할지도 몰라.'

역사적으로 가끔 그런 존재가 나타난다. 가까운 과거를 보면 몇 년 전 풍령국 위령성에서 일어났던 환마 재해가 그랬다.

척마대가 쫓아온 것은 마인이 두목으로 있는 산적 패거리였다. 그런데 막상 공격하고 보니 30여 명의 산적 전원이 마인이었다.

마공은 정공에 비해서 희귀하다. 그리고 전수 과정도 비정상적이라 마교 정도 되는 조직이 아니고서야 마인들을 이렇게 쉽게 늘릴 수가 없었다.

그런데 일개 산적 떼 전원이 마인이 되다니?

"지부장님! 수가 너무 많습니다!"

"이놈들은 재생력이 있습니다! 젠장! 도축도 안 한 동물 시체를 왜 잔뜩 쌓아났나 했는데 이렇게 쓸 생각이었다니!"

양우전이 이들을 토벌하기 위해 이끌고 온 척마대원의 수는 20명. 마인이 섞여 있다고 해도 30명 규모의 산적 떼 정도는 한 식경도 안 되어서 토벌할 수 있는 전력이었다.

그런데 정작 작전을 시작하고 나니 오히려 궁지에 몰렸다.

산적 떼 전원이 마인인 데다가 요괴나 영수처럼 재생 능력을 갖추고 있었다. 재생할 때마다 영육을 필요로 하는 것 같았지만 그것은 아주 기괴한 방법으로 해결했다.

싸우다가 부상을 입으면 물러나서 그동안 잡아다 쌓아둔 인간 시체나 동물 시체들을 먹는 것이다.

이 끔찍한 보급 방법 앞에 전투 경험이 풍부한 척마대조차 동요할 수밖에 없었다. 그리고 정신적으로 흔들린 그들에게 마인들이 광전사처럼 달려들자 피해가 발생하기 시작했다.

"크악!"

척마대원 하나가 비명을 질렀다. 마인이 팔이 잘리든 말든 뛰어들어서 그의 목을 물었기 때문이다.

투학!

옆의 동료가 침투경으로 마인을 떨쳐내긴 했지만 목살이 뜯겨 나가면서 출혈이 일어난 척마대원은 중상이었다.

"어억… 이, 이건 설마 독……?"

게다가 그 상처 부위로 독이 침투하자 내공으로 저항할 새도 없이 무너져 내리고 말았다.

"자건!"

그때 또 다른 마인이 비호처럼 뛰어들었다.

'아!'

척마대원은 피하기도, 반격하기에도 늦었다는 사실을 깨달았다. 한창 마인들과 격투를 벌이던 도중에 한눈을 판 대가는 너무 컸다.

펑!

하지만 마인이 그를 덮치는 순간, 폭음이 울리며 마인이 날아가 버렸다.

그리고 그 앞에 한 사람의 모습이 나타났다.

"지부장님!"

"정신 차려! 시신을 수습하고 물러나서 재정비하도록!"

주저앉은 대원에게 불호령을 내린 양우전이 외쳤다.

"호 부대주!"

"예!"

호용아 부대주가 대답했다.

"전원 수비 태세! 최대한 군진을 유지하면서 수비를 굳히세요! 공세로 전환하는 순간은……."

쾅!

그리고 나타나는 것과 동시에 완벽하게 뒤를 잡고 내지른 일권에 마인의 몸통이 터져 나갔다.

"내 지시를 기다리도록!"

"캬아아아아!"

양우전이 나타난 지점은 마인들 한복판이었다. 움찔 놀랐던 마인들이 일제히 그를 에워싸고 달려들었다.

"흥!"

하지만 양우전은 코웃음을 치며 운화로 포위망 바깥에 나타났다.

—나선유성혼(螺線流星魂)—일수백연(一手百聯)!

퍼퍼퍼퍼펑!

그리고 소나기처럼 연발로 쏘아져 나간 유성혼이 마인들을 날려 버렸다.

"한 발도 안 빗나갔어?"

동체 시력이 뛰어난 척마대원이 중얼거렸다.

양우전이 수십 발의 유성혼을 쏘아대는데 단 한 발도 빗나가지 않는다. 방어 위를 때리든 정타로 들어가든 무조건 표적에 명중하고 있었다.

"카아악! 이 건방진 애송이!"

주변을 초토화시키는 유성혼의 소나기 속에서 격노한 외침이 울려 퍼졌다. 내공이 출중한 마인이 유성혼을 받아내면서 돌진했지만…….

쾅!

난사되던 유성혼 중 하나가 다른 것의 몇 배나 되는 위력으로 그를 강타해서 날려 버렸다.

그리고 그가 태세를 바로잡기도 전에 날카롭게 응축된 섬광이 허공을 가로지른다.

―유성추(流星錐)!

일점 집중 된 섬광이 마인의 목구멍을 관통했다.

"카아……!"

아무리 재생력이 있는 마인이라도 치명상이다. 허우적거리는 마인에게 유성혼이 다발로 명중하면서 온몸을 찢어발겼다.

후우우우우우!

양우전의 몸을 감싸고 회전하는 광풍혼이 가속하면서 주변 기류를 장악하기 시작했다. 그리고 어느 순간, 한 점으로 집중되어서 극한까지 응축된다.

동시에 유성혼의 화망이 옅어졌다. 그러자 마인들이 기회를 놓치지 않고 양우전에게 뛰어들었다.

"정말 시야가 좁은 것들이군."

싸늘한 조소를 흘리는 양우전의 모습이 한 줄기 구름이 되어 사라졌고…….

―광풍노격(狂風怒擊)!

양우전을 치기 위해 한 지점으로 모여든 마인들의 측면에서 나타난 그가 최대 규모의 파괴력을 자랑하는 기공파를 전개했다.

콰콰콰콰콰……!

섬광이 마인들을 집어삼켰다.

"이노오오옴!"

하지만 모든 마인이 당하고만 있는 것은 아니었다. 다섯 명의 마인이 광풍노격에 집어삼켜졌지만 두 명의 마인이 각기 다른 방향으로 쌍장을 펼쳐서 광풍노격의 진행 방향을 틀어버리는 게 아닌가?

그리고 그사이 몇 명의 마인이 시신을 뜯어먹으면서 힘을 회복하는 게 보였다.

"애송이답지 않게 내공이 출중한 것 같지만 이만큼 쏟아냈으면 소모도 만만치 않을 터!"

"앞뒤 가리지 않고 퍼부어댄 것을 후회해라!"

공동으로 두목을 맡고 있는 네 명의 마인은 내공이 5심에 달하는 이들이었다. 양우전의 내공이 6심이라지만 수적인 우위와 마인 특유의 내공 과출력을 믿고 뛰어들었다.

그러나…….

"지레짐작하길 좋아하는 놈들이구나. 마인이라 생각이 짧은 거냐?"

투학!

양우전에게 뛰어들던 네 마인 중 하나의 고개가 홱 돌아갔다.

그것을 본 다른 마인들이 깜짝 놀랐다.

"설마 격공의 기?"

하지만 그 순간 양우전이 다시 운화하더니 그들의 옆에 나타났다.

"그건 이거지."

파악!

그리고 이번에야말로 격공의 기가 마인의 머리통을 강타했다.

"역시 아직은 위력이 안 나오는군."

양우전은 그동안 격공의 기를 체득하는 데 성공한 것이다.

그 광경을 보던 척마대원들도 경악했다.

"맙소사."

"영성의 제자들은 다들 저런 괴물인가? 아니면 백운지신이라서?"

혼자서 마인들을 농락하다시피 하는 양우전의 무위가 너무나 압도적이었다.

백운지신의 능력이 얼마나 뛰어난지는 여러 번 봐서 익숙해졌지만 격공의 기라니?

'성장이 너무 빨라.'

특히 오랫동안 양우전을 지켜본 호용아는 전율을 느꼈다.

백운지신이 완성되기까지, 양우전은 무공이 성장하는 속도보다 육체의 성능이 향상되는 속도가 훨씬 빨랐다. 아니, 무공의 성장조차도 육체의 성능에 기대어서 끌려가는 형국이었다.

그런데 어느 순간부터 달라졌다.

'아마도 그날부터⋯⋯.'

분명 그랬다. 흑면권귀를 쓰러뜨린 그날부터 양우전은 마치 내면에 잠재된 천재성을 각성한 것처럼 어마어마한 성장 속도를 보여주고 있었다.

'마치 성운의 기재처럼.'

그들 말고는 달리 비교할 대상을 찾을 수가 없다.

한 번도 경험해 보지 못한 상황 속에서도 답을 알고 있는 것처럼 행동한다. 난전 속에서도 마치 어떻게 움직이는 게 최선인지 누가 알려주기라도 하는 것처럼 거침이 없다.

그것은 단순히 무공이 뛰어나다고 가능한 일이 아니었다. 노력으로 기를 수 있는 것과는 다른 영역에 있는 무언가, 재능이라고밖에 부를 수 없는 기적적인 감각.

지금의 양우전은 그것을 손에 넣은 것 같았다.

'백운지신이기 때문인가?'

이 또한 백운지신의 가능성일까? 별의 수호자는 그저 성능이 뛰어난 육신을 만드는 데 그치지 않고 하늘이 내린 재능마저 모방하는 데 성공했단 말인가?

'다음으로 끝낸다.'

대원들에게 공세로 전환할 것을 명령한 양우전은 혼자 수뇌부 4인방을 격퇴해 가고 있었다.

다른 마인들과는 확연히 구분되는 실력과 내공을 지닌 자들이지만 양우전의 적수가 되지 못한다.

때때로 가해지는 격공의 기가 그들의 자세를 무너뜨린다.

시도 때도 없이 시공간의 연속성을 뛰어넘는 운화와 운화 감극도가 그들의 머리를 혼란스럽게 만든다.

감극도의 철벽같은 방어가 그들을 초조하게 만든다.

쿠우우우웅……!

그리고 어느 순간, 둔중한 소음이 울려 퍼졌다.

'어?'

마인들은 경악했다. 갑자기 물속에 빠진 것처럼 강한 압력이 전신을 짓눌렀기 때문이다.

—중압진(重壓陣)!

양우전이 은밀하게 펼쳐놓았던 중압진이 단숨에 활성화되면서 마인들을 짓눌렀다.

콰콰콰쾅!

그리고 운화 감극도로 연달아 자세를 바꾼 양우전의 주먹이 네 명의 마인의 머리통을 차례대로 부숴 버렸다.

털썩! 털썩!

머리 잃은 마인들이 허우적거리다가 쓰러지자 양우전이 긴 숨을 토했다.

'조금 더 짧게 끊어서 집중해야 해. 느릿하게, 길게 집중하는 방식을 편하게 느끼고 익숙해져 버리면 거기서 멈추고 말 거야. 찰나에 모든 것을 결정하고 쓸 수 없다면 격공의 기는 의미가 없어. 그럴 바에는 기의 운화만 쓰는 편이 낫지.'

진기를 전신에 휘돌리는 동안 자연스럽게 방금 전의 전투를 되짚어보면서 반성할 점을 찾아낸다.

어느 순간 양우전은 그것을 자연스러운 습관으로 여기게 되었다. 내면의 목소리가 제시하는 답에 귀를 기울이는 것을.

그 목소리는 달콤하다. 그 목소리를 믿고 노력하면 반드시 그만한 대가가 돌아온다.

때로 양우전은 마치 위대한 존재가 자신에게 지혜를 속삭여 주는 것 같은 착각이 들었다.

그저 노력하는 것만으로는 할 수 없었던 것들을 할 수 있게 되고, 그저 탐구하는 것만으로는 알 수 없었던 것들을 알게 된다.

'난 멈추지 않아.'

양우전은 스스로를 신뢰할 수 있게 되었다. 노력이 가치 있음을 믿게 되었다.

'반드시 갈 것이다. 대사형이 있는 고지까지.'

그리고 도약의 날은 가까이 다가와 있었다.

3

천공지체 연구는 차근차근 목표를 달성해 나가고 있었다. 2차 후보자들이 차근차근 천공지체가 되는 과정을 밟아가는 가운데, 성공 사례인 강연진과 오연서의 내공을 7심으로 만드는 시도가 이루어졌다.

결과는 성공적이었다.

"늘 생각하는 거지만 자네가 개입하면 정말 놀라울 정도로 쉽게 일이 끝나는군. 좋기야 하지만, 이렇게 의존해도 되나 싶기도 하네."

이정운 장로가 심각한 표정으로 말했다.

강연진과 오연서의 7심 달성에는 형운이 도우미로 참가했고, 연구자들이 이론상으로 상정한 것보다 더욱 안정적인 과정을 거쳐서 목표를 이룰 수 있었다.

강연진과 오연서는 며칠 내로 7심을 이룰 수 있으리라. 진정한 의미에서 천공지체를 별의 수호자의 비밀 병기라고 말할 수 있는 수준이 되는 것이다.

"연구하는 입장에서는 아무래도 평범한 상황에서 일어날 수 있는 변수들에 대한 자료도 얻어야 하는데……."

"그럼 이제 다음부터는 안 도와드려도 될까요?"

형운이 짓궂게 묻자 이 장로가 쓴웃음을 지었다.

"그건 또 곤란하지. 항상 고맙네. 귀한 시간 쪼개서 도와줬는데 이런 소리나 해서 미안하구먼."

"말씀하시고자 하는 바는 이해했습니다. 다음부터는 제가 한발 물러나 있는 형태가 어떨까요? 불안한 상황이 되면 얼마든지 손을 보탤 수 있도록."

"그거 좋군. 그렇게 부탁하겠네."

이 장로가 빙긋 웃고는 말을 이었다.

"그나저나 자네를 보고 있자면 아쉬움이 느껴지긴 하는군."

"일월성신 말씀입니까?"

"분명 우리는 천공지체를 완성했지. 전설의 신체라고 불릴 정도로 뛰어난 완성도로. 하지만 자네라는 사례를 보다 보니참……."

고개를 저은 이 장로가 말했다.

"하긴 이 점은 장래에는 해결될 수도 있겠지만."

"설마 일월성신에 대한 제약이 풀리는 겁니까?"

"아니, 그건 아닐세. 다만 요즘 한 가지 가설을 세우고 있다네."

"어떤 가설입니까?"

"자네는 일월성신인 동시에 천공지체지. 하지만 백운지신이 되진 못했어. 그렇지 않나?"

"……."

형운은 풍성 초후적의 백운단 복용을 도왔을 때 알게 된 사실을 이 장로에게 말하지 않았다. 하지만 이 장로는 연구를 통해서 그 사실을 짐작해 낸 것이다.

"애당초 백운지신의 능력 자체가 자네를 연구해서 나온 것이다 보니, 자네는 백운지신의 능력을 거의 다 갖고 있지. 하지만 진기 특성만은 재현하지 못하지 않나?"

"그렇긴 합니다."

형운은 순순히 인정했다. 사실상 백운지신은 형운의 하위 호환이라고 봐도 될 정도다. 하지만 그럼에도 기맥에 거의 부담을 주지 않으면서도 놀랍도록 신속하게 대량의 진기 운행을 할 수 있는 진기의 특성만큼은 백운지신만의 강점이었다.

"내 가설에 따르면 일월성신, 천공지체, 백운지신… 이 전설의 신체들은 흥미로운 관계를 갖게 되네."

일월성신은 천공지체도 될 수 있다. 하지만 백운지신은 될 수 없다.

"셋 중 둘을 한 몸으로 이룰 수 있지만, 셋 모두를 한 몸으로 이룰 수는 없다. 이것은 일월성신뿐만 아니라 천공지체와 백운지신에도 적용되는 문제일세."

"설마……."

"그렇다네. 천공지체는 백운지신이 될 수 있어. 백운지신은 천공지체가 될 수 있고. 이 경우 선택의 폭이 가장 넓은 것이 천공지체가 되겠군. 천공지체는 둘 중 어느 쪽도 될 수 있지만 백운지신은 천공지체만 될 수 있으니……. 물론 일월성신은 앞으로 나오지 않을 테니 무의미하긴 하지만."

형운은 놀람을 감추지 못했다.

확실히 일월성신과 백운지신은 닮은 구석이 있다. 체내의 기운 그 자체를 극단화시켰다는 점에서. 그 극단화의 방향성이 완전히 다르기는 했지만 말이다.

그에 비해 천공지체는 체내 기운의 질 그 자체가 중요한 게 아니다. 천공지체의 핵심은 심상계를 이용하는 천공기심이다. 그렇기에 천공지체는 일월성신과 백운지신을 한 단계 도약시키는 열쇠가 될 수 있었다.

"마침 얼마 전에 백운지신 연구진 쪽에서 제안이 왔다네. 우리 쪽 연구자들과 저 두 아이를 운벽성 지부 쪽으로 보내서 교류를 하자는군. 물론 교류의 폭은 제한되겠지만 말일세."

"지금까지와는 달리 대담하군요."

"원 장로도 나와 같은 가설을 세웠을지도 모르지. 그녀는 천재일세."

"…이 장로님께서 그렇게 평가하실 정도입니까?"

단언하는 이 장로의 말에 형운이 놀라 물었다.

세간의 기준으로 보면 별의 수호자의 장로들은 다들 천재라고 불릴 만한 인물들이다. 하지만 그중에서도 정점에 섰다는 평가를 받는 이 장로에게 그런 평가를 받기는 대단히 어려웠다.

"운 장로가 괜히 후계자로 여기는 게 아니지. 정말 대단한 인물일세. 그녀가 장로가 되기까지 세운 업적들은 정말 놀랍다네."

원세윤이 호 장로의 빈자리를 채울 때, 장로회는 만장일치로 찬성했다. 그녀와 견줄 만한 후보 자체가 존재하지 않았기 때문이다.

그녀는 호 장로의 뒤를 이어 백운지신 연구를 맡기 전부터 혀를 내두를 정도의 업적을 쌓아두고 있었다.

"어쨌든 이번 제안은 긍정적으로 검토 중일세."

"그들을 이쪽으로 부르는 편이 낫지 않겠습니까? 요즘은 바깥 상황이 영 좋지 않습니다만."

"그것도 생각은 해봤네만… 만약 제안에 응한다면 이번에는 그쪽으로 보낼 생각일세. 백운지신처럼 뛰어난 존재를 성도의 탑이 아닌 곳에서 연구해서 만들어냈다는 점에 대한 경의로."

이 장로는 그 건에 대해서는 딱히 밀고 당기기를 할 생각이
없다는 태도를 보였다.

하지만 형운은 그가 말하지 않은 이유가 있음을 짐작했다.
그리고 그 이유가 무엇인지까지도.

4

별의 수호자는 두 가지 위협에 노출되어 있었다.

오성이 함께하는 수송단마저 앞뒤 가리지 않고 습격하는
흑영신교의 광기.

그리고 역병처럼 하운국 전역으로 퍼져 나간 암천동맹의
혼돈.

특히 후자는 골치 아팠다. 언제 어디서 어느 정도의 규모로
튀어나올지 예측이 불가능하다.

그래서 별의 수호자는 상행을 절반 이하로 줄이고 호위 병
력을 두 배 이상으로 늘리는 조치를 취했다. 사태가 해결되기
전까지 사업이 타격을 입겠지만 어쩔 수 없는 일이다.

오성들이 밖으로 나가야 할 일도 많아졌다.

장로회는 수성에 취임한 지 얼마 되지 않은 형운을 배려해
서 주요 물품 수송에 영성 귀혁과 풍성 초후적을 동원했다.

둘은 각각 황실로 향하는 물품과 야만의 땅으로 향하는 장로 호위를 맡아서 총단을 비웠다.

그런 배려 속에서 형운은 빠르게 수성 업무에 적응했고, 휘하 조직 정비도 최소한으로 끝냈다.

그러는 동안 또 한 차례 큰 사건이 있었다.

운 장로 일파인 송 장로가 장로직 은퇴를 선언한 것이었다.

그의 나이도 77세였기에 언제 은퇴해도 이상하지 않은 나이였다. 최근에는 점점 업무로 인한 피로를 감당하지 못하게 되어서 은퇴를 결정했다고 했다.

그리고 두 명의 새로운 장로가 결정되었다. 한 명이 아니라 두 명인 이유는 간단했다.

화성 하성지의 남편인 연단술사 우상혁이 별의 수호자 역사상 최초로 위진국 본단의 장로로 취임하게 되었기 때문이다.

또 한 번 변화의 물결이 다가오고 있었다.

5

"그러고 보면 참, 이 장로님과 운 장로님도 정말 대단하시군."

"무공을 열심히 연마하면서 몸을 관리해 온 분들이라고는

하지만, 아직도 은퇴하고는 거리가 멀어 보이시니 대단하긴
하지."

차 한잔하자면서 찾아온 마곡정이 고개를 끄덕였다.

이 장로와 운 장로는 벌써 90세가 넘는 고령으로 장로회 최
연장자들이다. 그런데도 아직까지 기력이 쇠하지 않고 정력
적으로 일하는 것을 보면 대단했다.

마곡정이 말했다.

"어쩌면 그 소문이 사실인지도 모르지."

"무슨 소문?"

"성존의 은혜 말야. 설마 여태 못 들어봤냐?"

"아, 그거."

"공식적으로는 그냥 괴담이지만… 넌 성존님 자주 뵙지 않
냐? 한번 물어보지그래?"

"흠……."

성존의 은혜는 총단의 고위직 사이에 은밀하게 떠도는 괴
담이었다.

성도의 탑에서 성존을 기쁘게 하는 성과를 낸 연단술사라
면 성존의 가호를 받아서 장수하게 된다는 이야기였다. 역대
장로들 중에는 다른 조직이었다면 은퇴하고도 남았을 고령까
지 현역으로 일한 이가 많았고, 그들이 거의 총단에 머물렀기
에 발생한 이야기다.

'냉정하게 생각해 보면 장로님들이 오래 사시는 건 너무 당연하지만…….'

그들은 끼니마다 가장 좋은 것을 먹고, 가장 좋은 약을 먹으며, 최고의 인재들이 보살펴 준다. 건강 유지라는 목적에 특화해서 발전해 온 무공을 연마하면서 각종 비약도 먹고, 엄청난 거금이 들어가는 이런저런 시술도 받고, 기공사들의 도움까지 받는 것이다.

황족들도 부러워해야 할 이런 환경에서 장수하지 않기가 더 어려운 일이다. 하지만 그런 점을 감안해도 이 장로와 운 장로의 건강은 놀라운 수준이다.

"아마 그거… 반쯤은 사실일걸."

"뭐?"

형운의 대답에 마곡정이 깜짝 놀랐다. 전혀 예상치 못한 대답이었기 때문이다.

"사부님하고 이 장로님도 아주 근거 없는 이야기는 아니라고 하시더라고. 왜 그럴 수 있는지도 알 것 같고."

형운은 지난번, 성혼좌의 진정한 본질을 알게 되었을 때를 깨달았다.

성존이 외부인들을 접하는 수단, 성몽(星夢).

그것은 혼몽단이 담고 있는 힘, 혼돈이 구현된 결과물이다.

아마도 성존은 성도의 탑에서 일어나는 일을 모두 알 것이다. 인간의 일에는 관심을 두는 경우가 드물지만 연단술에 관련된 연구는 빠짐없이 보고 있으리라 추측되었다. 그리고 어쩌면 그 범위는 성도의 탑만이 아니라 총단 전체, 혹은 그곳을 중심으로 꽤 넓은 범위에 걸쳐 있을 수도 있었다.

애당초 별의 수호자라는 조직은 성존이 찾아내지 못한 가능성, 그가 너무 빠르게 본질만을 짚고 나아갔기에 발생한 수많은 공백을 채우기 위해 결성되고 유지된 것이나 다름없다.

성존은 그들에게 자신이 이룬 것을 베풀고, 그들이 이룬 것을 얻는다. 1300년 동안이나 이것은 서로에게 이익이 되는 거래였다.

그렇다면 성존이 뛰어난 연단술사들을 아끼지 않을 리 없다.

성존을 배알하는 경험을 한 연단술사는 극히 적다. 하지만 장로들은 다들 한 번 이상씩은 그런 경험이 있었다.

그리고 이 장로와 운 장로는 장로들 중에서도 그 경험이 가장 많은 사람들이다.

따라서 성존이 두 사람의 성과에 감탄하고, 그들을 아낀다한들 놀랄 일은 아니다. 그렇다면 심상세계와 물질세계의 경계를 무너뜨리는 혼몽의 힘이 그들이 보다 장수하도록 영향을 끼칠 수도 있지 않겠는가?

'어쩌면 사부님도 그 대상일지도 모르고.'

귀혁은 성존이 이름을 기억하는 몇 안 되는 대상이었다. 그
것은 귀혁이 뛰어난 무인이기 때문이 아니라 그의 숙원과 관
련된 존재이기 때문이다.

  "하지만 그게 아마 직접적으로 장수를 보장하는 것은 아닐
거야. 성존님 입장에서는 아마 '정말 쓸 만한 인재들이다. 오
래오래 쓸 만했으면 좋겠다' 그 정도의 감정이 무의식중에
표출된 결과 아닐까 싶어."

  "그거참 대단하긴 한데… 인간 입장에서는 좀 비참하게도
들리는 이야기군."

  "모든 면에서 규모가 다른 존재니까."

  형운이 쓴웃음을 지었다. 살아온 세월도, 할 수 있는 일과
없는 일을 정하는 잣대도, 세상을 보는 관점도 너무나 다르
다. 그래서 그 비인간적인 면모가 섬뜩했다.

  "근데 진짜 업무 시간에 웬일이야? 나 바쁜 거 잘 알면서?"

  "업무 시간 말고는 일 안 하는 사람처럼 말한다? 요즘 언제
안 바쁘냐? 밤? 새벽? 아침?"

  "……."

  마곡정의 사실 지적이 묵직한 폭력이 되어 형운의 가슴을
후벼 팠다.

  "그리고 난 널 위해서 온 거다."

  "날 위해서라니, 네가 요즘 예은이 말고 다른 사람 위하는

일도 다 있었냐?"

"나도 그러고 싶지 않은데 이놈의 우정이 뭔지… 내가 원래 좀 의리가 넘치잖냐."

"……."

"너, 조만간 운벽성 가게 될 거다. 거부권 없는 임무니까 갑자기 닥쳐서 허둥거리지 말고 준비해 두라고."

"엥? 그게 무슨 소리야?"

날벼락 같은 소리에 형운이 눈을 휘둥그레 떴다.

6

그리고 10월 초, 형운은 그 날벼락 같은 소리가 현실화되었음을 깨달았다.

"저를 호위로 쓰실 줄은 몰랐습니다."

형운이 애써 한숨을 참으며 말했다.

그러자 그의 호위 대상이 된 노인이 껄껄 웃었다.

"한 번쯤 자네 호위를 받아보는 것도 재밌을 것 같아서 말일세. 이제는 이것도 자네 업무 아닌가?"

고급스러운 백색과 푸른색의 옷을 입은 노인은 90세가 넘는 고령임에도 등이 꼿꼿하고 주름이 적어서 30년은 젊어 보였다.

별의 수호자 장로들 중에서도 가장 큰 영향력을 자랑하는
자, 운중산 장로였다.

"그리고 일정이 그리 여유가 있진 않거든. 풍성이 돌아오
기까지는 최소한 열흘, 영성이 돌아오기까지는 보름은 걸리
지. 그건 아주 귀중한 시간일세."

운 장로는 겉모습만이 아니라 실제로도 그 나이라고는 믿
을 수 없을 정도로 활력이 넘쳤다. 하긴 그렇지 않고서야 업
무를 위해 운벽성까지 머나먼 길을 오가는 것은 엄두도 내지
못할 것이다.

"젊은 자네는 잘 모르겠지만, 이 나이 먹고 보면 정말 하루
하루가 절실하거든. 물론 자네도 시간이 금처럼 귀한 몸이겠
지만 나만 하겠는가?"

반박할 수가 없는 말이었다. 운 장로가 마차에 오르기 전,
주변을 둘러보며 말했다.

"그리고 자네 호위를 받으면 따라오는 실리가 한 가지 더
있다는 것도 있었다네."

"실리라고요?"

"자네와 수성 호위대장, 두 명의 고수에게 호위받을 수 있
지 않은가?"

"……."

"요즘 같은 때 최대한 안전을 추구할 수 있다면 그보다 좋

을 수가 없지. 게다가 이번에는 귀하신 몸이 나 혼자도 아니고."

형운의 호위 대상에는 운 장로만이 아니라 강연진과 오연서, 그리고 그들을 따라가는 천공지체 연구진까지 포함되어 있었다. 백운지신 연구진 측에서 제안했던 교류를 위해 함께 떠나게 된 것이다.

다만 천공지체 연구진에 이정운 장로는 포함되지 않았다. 그는 2차 후보들을 통해서 천공지체의 하위 호환이라고 할 수 있는 천명신 연구를 진행하는 데 집중하고 있었기 때문이다.

"그럼 잘 부탁하네, 수성."

그렇게 운 장로와 형운의 운벽성을 향한 여정이 시작되었다.

7

총단에서 운벽성 지부까지는 마차 여행으로도 거의 3개월을 잡아야 하는 머나먼 길이었다.

수송할 물품이 없고, 일행이 무인들만이라면 발 빠르게 이동할 수 있을 것이다. 하지만 이번에는 그럴 수가 없었다.

일단 고령인 운 장로를 모시고 가는 길이라 속도를 조절해야 했고, 야숙하는 일을 최소화해야 했으니까. 그것은 같은 속도로 가더라도 하루 반이면 갈 수 있는 길을 이틀에 걸쳐서 가야 한다는 뜻이다.

운 장로가 말했다.

"조금은 서둘러도 괜찮네. 나도 여행에는 제법 이골이 난 몸이니까."

"어느 정도까지 괜찮겠습니까?"

"새해 첫 일출을 운벽성에서……."

"……."

"농담일세, 무리인 거 안다네."

형운의 눈빛을 본 운 장로가 피식 웃었다.

"되도록 두 달 반 안에는 가는 것을 목표로 가지. 다만 자네가 나를 좀 배려해 주게나."

"배려라면 어떤 것을 원하십니까?"

"이런 상황이라면, 풍성은 나를 마차에 두는 대신 들어서 옮겨줬을 걸세. 허공섭물로. 그럼 모두가 속도를 높일 수 있고, 하루에 서너 번씩 일각만 그렇게 가도 일정이 제법 단축되지 않겠나?"

"그런 방법을 썼단 말씀입니까? 장로님을 상대로?"

형운이 놀라서 묻자 운 장로가 껄껄 웃었다.

"자네는 확실히 사람을 호위해 본 경험은 적은 티가 나는군."

"실제로 별로 경험이 없습니다."

형운은 순순히 인정했다. 물건을 운송해 본 경험은 많아도 먼 길 가는 사람을 호위해 본 경험은 별로 없었다. 특히 운 장로처럼 중요하면서도 고령인 사람은.

운 장로가 말했다.

"시간이 귀중하다고 하지 않았나? 길바닥에서 시간 버리는 것만큼 피눈물 나는 일이 또 없다네. 다만 자네 솜씨가 충분해야겠지."

"그거라면 가능할 것 같군요. 하지만 일단 실험을 좀 해봐야겠습니다."

"실험이라면, 어떤 식으로 말인가?"

"지원자를 받아서 실험해 보고 하겠습니다. 제가 허공섭물로 사람 옮겨본 경험은 많은데, 안락함과 편안함을 중시해 본 적은 없어서요."

허공섭물로 장시간 동안, 사람을 빠르게 들어 나르면서 느릿한 마차에 탄 것만큼이나 편안함을 줘야 하는 것이다. 어느 정도의 집중력과 섬세함을 요구하는지 가늠하기가 어려웠다.

그래서 형운은 따라온 일행 중 젊은 연단술사 하나를 붙잡고 실험해 보았다.

"별로 안 어렵네요."

"사나흘 정도는 연습할 줄 알았는데, 한 번 만에 확신해도 되겠나?"

"예, 괜찮습니다."

연습해 보니 별로 안 어려웠다. 형운은 순간순간 복잡하면서도 창의적인 대응을 해내야 하는 일은 어려워하지만 똑같은 일을 오랫동안 지속하는 것은 쉽게 해냈다.

"일정 좀 콱 단축해 보죠. 일각(15분)이 아니라 한 식경(30분), 장로님이 괜찮으시면 반 시진(1시간)도 괜찮겠군요. 이런 방법을 써도 됐다니, 잘하면 진짜 새해 첫 일출은 운벽성에서 볼 수 있을지도……."

"……."

신이 난 형운을 보며 운 장로가 떨떠름한 표정을 지었다.

"괜찮겠나? 내공도 심력도 많이 소모하는 일인데?"

"유지에는 거의 신경 안 써도 되는 것 같습니다. 똑같은 걸 똑같이 유지하는 건 저한테는 별로 어렵지 않습니다. 그리고 내공 걱정이야 필요 없죠."

허공섭물을 장시간 유지하는 것은 진기 소모가 큰 일이다. 풍성 초후적조차도 스스로의 전투력 유지를 고려하면 한 번에 일각, 하루에 서너 번 정도를 적정선이라고 판단했을 정도로.

하지만 형운에게 그런 걱정은 필요 없었다. 그 사실은 실전으로 증명되었다.

'이건 실험으로도 알 수 없었던 부분이군.'

해가 느릿느릿하게 저물어갈 무렵, 원래대로라면 내일 머물 예정이었던 마을에 도착한 운 장로는 혀를 내둘렀다.

형운은 지칠 줄 몰랐다.

매번 이동할 때마다 운 장로를 허공섭물로 들었고, 이동이 끝날 때까지 들고 있었다. 흔들리는 마차에 타는 것보다 편안하면서, 마차에 탈 때보다 세 배는 빠른 속도로 이동했다.

무리하는 게 아닌가 싶었지만, 형운이 전혀 그렇지 않다고 하는 태도에는 허세가 없었다.

'이 정도면 진짜로 운벽성에서 새해 첫 일출을 보는 게 가능할지도……'

상정한 것을 아득히 초월하는 효율성에 운 장로는 감동마저 느꼈다.

8

강연진과 오연서는 꽤나 낯선 기분에 휩싸여 있었다.

'보호받는다는 게 이렇게 불편할 줄이야.'

척마대에 들어간 후, 두 사람은 별의 수호자 무인들 중에서도 최전선에서 싸워왔다.

그들에게 주어진 역할은 누군가를 지키는 사람이었지 누구에게 지켜지는 사람이 아니었다. 그러다 보니 타인에게 보호해야 할 대상으로 취급받으면서 먼 길을 가는 지금 상황이 꽤나 거북스러웠다.

"안장이 불편하냐?"

표정에 그런 속내가 드러나서일까? 점심을 먹기 위해 쉬어 가는 자리에서 형운이 다가와 물었다.

"아닙니다."

"좀 그래요."

강연진과 오연서가 서로 다른 대답을 내놓았다. 강연진이 오연서를 째려보았지만 오연서는 태연하게 말을 이었다.

"신기한 기분이에요."

"왜 그렇습니까?"

형운은 수성이 된 지금도 오연서에게 존대를 해주었다. 척 마대주였을 때 그녀가 부대주로 들어왔다면 모르겠지만, 더 높은 자리에 올랐다고는 하나 직속상관이 아닌지라 굳이 태도를 바꿀 필요성을 느끼지 못해서였다.

"예전에는 당연한 거였거든요. 저를 지키겠다고 사람들이 잔뜩 붙어 다니는 게."

하운국 총단에 오기 전까지만 해도 그랬다. 그녀는 어렸고, 오성의 제자는 그렇게 보호받을 만한 신분이었으니까.

"하지만 이제는 이런 상황이 낯설고 불편해요. 뭔가 내 자리가 아닌 곳에 앉아 있는 것 같아요. 척마대 부대주가 된 지 그리 오래된 것도 아닌데……."

그만큼 척마대 부대주로서의 삶을 당연하게 여기게 된 것이리라. 형운은 기특해하며 말했다.

"사람의 입장은 때와 장소에 따라 바뀌게 마련입니다. 오소저의 스승님이 어땠는지를 생각해 보세요."

오성은 별의 수호자의 무인들의 정점에 선 존재다. 그럼에도 그들은 때때로 보호받는 입장에 서게 된다.

"그렇군요……."

"오성에게 호위받는 호사, 누리기 어렵습니다. 평생 다시 누리기 힘들지도 모르죠. 그러니까 마음껏 누리세요."

"예."

오연서의 표정이 밝아졌다. 그런 그녀를 보며 강연진이 한숨을 푹 쉬었다.

"…생각 짧아서 차암 행복하겠다."

"뭐라고요?"

"너한테 한 말 아니다. 신경 꺼라."

"날 보면서! 다 들리게 말해놓고!"

강연진과 오연서가 티격태격하기 시작했다.

잠시 두 사람을 재미있어하며 지켜보던 형운이 적당한 때

끼어들었다.

"그런데 연진아."

"네."

"가면 우전이 보겠구나. 봤을 때 어떻게 대할지 생각해 봤
어?"

강연진의 표정이 굳었다.

그에게 있어서 양우전은 죽어도 저놈에게만은 지기 싫은,
그런 상대다.

그런 양우전이 척마대 지부장이 되어서 승승장구하고 있
다는 것은 마음을 복잡하게 만들었다. 마지막으로 벌인 비무
에서 모두가 보는 앞에서 승리했고, 천공지체 연구와 백운지
신 연구의 경쟁도 팽팽하지만 그럼에도 한발 뒤처졌다는 기
분이 들었기 때문이다.

형운은 그런 강연진의 마음을 파악하고 조언했다.

"잘 생각해 봐. 안 그러면 주변에 안 좋은 모습을 보이게
된다. 너희 둘만 있을 때 벌어지는 일이라면 아무리 험악해도
상관없어. 하지만 주변에 보는 눈이 많으면 그래서는 안 돼.
이제부터는 평판에도 많이 신경 써야 한다. 그래야 우전이한
테 뒤처지지 않을 수 있어."

형운의 말에 강연진의 머릿속이 맑아졌다. 그가 고개를 끄
덕였다.

"알겠습니다. 그런데……."

"왜?"

형운이 의아해하며 묻자 강연진이 오연서를 흘끔 보더니 말했다.

"아니, 평판에 신경 써야 한다고 생각하니까… 그건 이미 틀린 게 아닐까 하는 좌절감이 갑자기 밀려와서……."

"어머머? 도대체 왜 그런 소리를 날 흘끔거리면서 하는 거래요?"

두 사람이 다시 티격태격하기 시작하자 형운이 흐뭇하게 웃으며 말했다.

"괜찮아. 다들 너희 둘이 너무 친밀한 관계라서 그러는 거라고 생각하거든."

"네?!"

"뭐라고요?"

순간 강연진이 펄쩍 뛰었고 오연서의 동공이 지진이라도 난 것처럼 흔들렸다. 형운은 두 사람의 반응을 즐기며 말했다.

"원래 평판이라는 게 청춘 남녀의 애정 싸움에는 관대하더라고. 그러니까 걱정 안 해도 돼. 아, 물론 그것도 경혼이처럼 막 나가면 답 없으니까 적당한 선에서……."

"무, 무슨 말씀을! 제가 왜 이런 여자랑!"

"마마마, 맞아요! 실례도 보통 실례가 아니라구요! 제가 왜 이런 남자랑!"

"왜 그렇게들 흥분해? 그냥 소문이 그렇다는 건데. 원래 남녀가 격의 없이 떠들고 있으면 다들 그런 소리 하더라. 나도 예전에 음공원주랑 그런 소문 돌았어."

"……."

형운이 장난스럽게 웃으며 말하자 두 사람 다 얼굴을 붉히며 입을 다물었다. 그러다가 슬그머니 서로를 바라보더니 흥하면서 고개를 반대편으로 돌렸다.

마치 사전에 짜기라도 한 것 같은 그 태도에 형운은 생각했다.

'얘네 이러다 진짜 사귀는 거 아냐?'

이제부터 지켜보는 재미가 있을 것 같았다.

9

여행 나흘째, 운 장로가 형운에게 한 가지 요구 사항을 추가했다.

"오늘은 자네 옆에서 가고 싶군. 노인네 말 상대 좀 되어주게나. 서류만 보다 보면 심심하거든."

운 장로는 길에서 시간을 버린다고 했지만 실제로는 운벽성까지 가는 내내 일을 손에서 놓지 않았다. 연구 자료를 읽고, 각 지역의 사업체에 들러서 보고받은 일을 처리하고 있었다.

"그러지요."

형운은 군말 없이 그의 요구를 들어주었다. 운 장로를 마차 바로 옆에 띄우고는 자신이 그 옆을 막으면서 말을 달리는 것으로 안전 대책을 세운 채였다.

운 장로가 물었다.

"내가 운벽성에 가는 이유는 알고 있나?"

"풍성께서 야만의 땅에 가실 때 백운단을 가져가셨다고 들었습니다."

초후적은 야만의 땅으로 향하는 두 명의 장로를 호위했다. 그리고 지금까지 야만의 땅에 가 있던 다른 두 장로를 호위해서 돌아올 것이다.

하지만 형운은 그가 맡은 임무가 장로 호위만이 아님을 알았다. 총단에서 운벽성 지부까지 백운단을, 그것도 한 개도 아니고 여러 개를 수송한 것이다.

그것이 의미하는 바를 알아차리기는 어렵지 않았다.

"새로운 백운지신을 만들기 위함인 것 같지는 않더군요. 아직 그 단계가 아니지요. 그렇다면 떠오르는 답은 두 가지. 하나는 운신단 연구를 마무리하기 위해서 필요하기 때문일 것이고, 또 하나는 양우전의 백운지신 완성도를 더 높이기 위함이겠지요."

"정답일세. 그리고 자네를 선택한 이유도 그것과 관련이 있다네."

"저를요?"

"백운단에 대해서 자네만큼 완벽하게 대처할 수 있는 사람은 없겠지."

"도우미로 들어가길 원하십니까?"

"해주겠나?"

"거절하겠습니다."

형운이 일고의 가치도 없다는 듯 단호하게 잘라 버리자 운장로가 낮게 웃었다. 그럴 줄 알았다는 반응이었다.

"벌써 수성 자리에 익숙해졌군."

"그래야 하는 자리 아니겠습니까?"

오성인 형운이 장로의 권위에 주눅 들어야 할 이유는 없다. 하물며 상대가 정적이라면 더더욱 그렇다.

천공지체 연구와 백운지신 연구의 경쟁은 현재진행형이다. 어느 한쪽이 별의 수호자가 총력을 기울이는 미래 사업으로 확정되면 또 모를까, 그 전에는 장로회가 오성인 형운에게 도우미나 하라고 명령 내리기 힘들다.

"그렇게 대답할 줄 알았네. 자네를 데려가는 것은… 혹시

나 모를 사태에 대비하기 위함이라고 해두지. 도우미는 못 해 줘도 사고가 터졌을 때는 도와줄 수 있지 않겠는가?"

"물론 그러겠습니다만… 그런 사고는 없어야겠지요."

"그나저나 자네 정말 대단하군. 대화까지 나누면서도 전혀 흐트러짐이 없다니. 양의심공이라도 익힌 게 아닌가 싶을 정도야."

서로 신경을 건드리는 대화를 나누고 있는데도 운 장로를 붙잡고 이동시키는 형운의 허공섭물에는 약간의 흐트러짐조차 없었다.

"저도 좀 놀라고 있습니다. 생각했던 것보다 너무 쉽군요."

"흠, 일월성신이라 그런 건지 자네라서 그런 건지 모르겠군."

"전 답을 알고 있습니다."

"그게 뭔가?"

"알려 드릴 의무는 없는 것 같습니다만."

"……."

씩 웃는 형운의 말에 운 장로가 한 방 먹은 표정을 짓더니 웃음을 터뜨렸다.

"자네 정말 유쾌하군그래. 나한테 이렇게나 맹랑하게 구는 젊은이는 정말 오랜만이야. 신선하군."

"젊은이가 아닌 분들은 있습니까?"

"몇 명 있지. 나이를 먹다 보면 지위고 뭐고 그 경계가 흐릿해지는 사람들이 있다네. 아직 젊은 자네한테도 그런 사람들이 있지 않나?"

"있긴 하지요."

"곡정이라거나."

"……."

이번에는 형운이 한 방 먹은 표정을 지을 차례였다.

운 장로가 말했다.

"난 호기심이 아주 강하다네. 나만이 아니라 장로들은 다들 그렇지. 그래서 궁금해진 것을 참고 넘기기가 힘들군. 거래하지 않겠나?"

"무슨 거래 말씀입니까?"

"운신단은 완성되었네. 자네는 오는 길에 운신단 완성품을 수송하게 될 걸세. 물론 그중 몇 개는 자네 것이 되겠지."

운 장로는 초후적의 도우미로 참여했을 때의 대가를 이야기하고 있었다.

"가면 알게 되긴 하겠지만, 이 정도 정보면 내 궁금증을 풀만한 대가는 되지 않겠나?"

그가 성의를 보였음을 인정했기에 형운도 그의 궁금증을 풀어주었다.

"일월성신이기 때문입니다."

"일월성신은 기공의 항상성을 유지하는 것에 어려움을 느끼지 않는단 말인가?"

"똑같은 걸 똑같이 하는 것에 한해서는 그렇습니다."

"그랬군. 허허, 여러모로 일월성신에 대해서는 아쉬움이 많아."

유명후의 사례가 아니었다면 별의 수호자는 일월성신 연구를 계속했을 것이다. 그리고 안정적으로 일월성신을 만들어낼 방법을 찾아냈으리라.

하지만 유명후의 사례 때문에 일월성신 연구는 동결되었고, 형운은 유일한 일월성신으로 남게 되었다. 아마 시간이 지나면 그의 존재 자체가 전설이 되리라.

10

여행을 함께하는 동안 형운과 운 장로는 많은 이야기를 나누었다.

언제나 운 장로가 먼저 말을 거는 것으로 시작되는 대화였다. 하지만 그의 말에 대답하다 보면 결국 형운도 많은 이야기를 하게 되었다.

'지금까지 이 사람과 나눈 것보다 더 많은 대화를 나누게

되는군.'

형운이 별의 수호자에 들어온 지도 어느덧 14년이 지났다. 그만큼이나 시간이 지났는데도 운 장로와 대화를 나눈 적은 별로 없었다. 지금까지 사적으로 나눈 대화를 다 합쳐봤자 이 여행 중 나눈 대화 하루치도 되지 않을 것이다.

정적임을 고려하면 서로 불편한 관계였다. 하지만 운 장로는 전혀 그런 기색 없이 말을 걸어왔다.

하긴 정적이라고는 해도 결국은 같은 조직에서 서로의 이익을 위해 이익과 손해를 주거니 받거니 해온 관계다. 피가 튀고 살이 튀는 흉흉한 암투도, 원수처럼 살의를 겨누는 관계도 아니었으니 그럴 수도 있으리라.

하지만 그런 점을 고려해도 형운은 운 장로의 태도가 신기하다고 느꼈다.

일월성신의 감각으로도 그의 눈빛에서 악의를 느낄 수 없었다. 그가 형운에게 보이는 감정은 대개 호기심과 흥미였고, 서로 정치적 입장을 떠올리게 되는 이야기를 할 때만 약간의 불편함이 섞였다.

아무리 감정을 잘 통제하는 사람이더라도 형운 앞에서 진실된 감정을 감추는 것은 불가능하다. 순간적으로나마 악의가 드러나도 형운은 민감하게 느낄 수 있으니까.

그러니 지금 운 장로가 보이는 태도는 진심일 것이다. 그 사실은 형운을 약간 혼란스럽게 만들었다.

"종종 그런 생각을 한다네."

"무슨 생각입니까?"

"내가 10년만 더 젊었으면… 하는 생각."

"……."

"왜 그런 눈으로 보나? 90살도 넘은 늙은이가 10년 젊어봤자 뭘 하겠나, 그런 불손한 생각이 느껴지네만?"

"무심한 사람의 눈빛을 너무 악의적으로 오해하시는 것 같습니다만."

형운은 콧방귀를 뀌고는, 그런 자신의 태도에 놀랐다. 스스로도 놀랄 정도로 자연스럽게 친근한 반응이 나와 버리지 않았는가?

운 장로가 자연스럽게 말을 이어갔다.

"10년만 젊었으면 나도 야만의 땅을 연구했을지도 모르지. 새로운 연구 과제에 대한 흥미는 언제나 넘쳐흐르는데, 그럴 때마다 이런 생각이 들고는 한다네. '그만두자, 나한테 시간이 얼마나 남았다고'. 그럴 때마다 조금 우울해지고는 하지."

"늦었다고 생각할 때가 제일 빠르다는 말도 있지 않습니까?"

"아, 난 오래전부터 그 말을 한 선현(先賢)에게 반박해 주고 싶었다네. 그때까지 얼마나 한가하게 살았으면 그런 소리를 지껄일 수 있었느냐고."

"……."

"자네도 나이 먹고 나면 알게 될 걸세. 세상에는 시기를 놓치면 돌이킬 수 없는 것들이 많다는 것을. 그리고 사실 내가 딱히 진취적이지 않아서 이렇게 말하는 게 아니라네. 지금 내가 벌여놓은 일들이 얼마나 많은지 아나? 단언컨대 먼 옛날에 잘난 척하면서 한심한 소리를 늘어놓은 그 선현이라는 작자가 '이제부터 해야지'라고 한 시점부터 평생을 투자했어도 지금 내가 마무리 지어야 하는 일의 반의 반도 다 못 하고 죽을 걸세."

확실히 새로 일을 벌이기에는 운 장로는 지금 하고 있는 일이 많았다. 짧으면 3년, 길면 10년 이상의 장기간을 보고 진행되는 수십 개의 연구를 총괄하고 있으며 자신이 도중에 죽을 경우에도 폐기되지 않고 진행될 수 있도록 신경 쓰고 있었다.

"자네도 일에 치이는 입장이니 이해할 수 있지 않나? 지금 또 새로 일을 벌이라면 그럴 수 있겠나?"

"음… 솔직히 어지간하면 안 하겠죠. 나중으로 미루거나."

"그것 보게나."

형운도 특무대주직을 맡은 후부터는 제대로 잠잘 새도 없이 격무에 치이는 몸이라 운 장로의 말에 공감할 수밖에 없었다.

11

이따금씩 운 장로는 자신의 개인사를 이야기했다. 별 의미 있는 이야기는 아니었다.

여행 중에 지나가는 마을의 옛 풍경에 대해서, 그곳에서 겪은 일이나 만난 사람들에 대해서, 그리고 자신이 별의 수호자의 연단술사 견습생으로 시작해서 장로가 되기까지의 일들에 대해서…….

그는 뛰어난 화술의 소유자였다. 흥미를 유발하는 법을 알았고, 반응을 끌어내는 기술이 능숙했으며, 그 나이 먹은 노인이라고는 생각할 수 없을 정도로 발음이 또렷하고 목소리가 듣기 좋았다.

형운이 그 점을 신기해하자 운 장로가 허허 웃었다.

"발성이나 발음이야 자네 사부도 발음이 좋지 않나?"

"사부님은 워낙 특별한 분이시라……."

이 장로만 해도 발성과 발음에서는 조금씩 나이 먹은 티가 났다. 형운의 어린 시절, 한 10년 전쯤하고만 비교해도 그렇다.

운 장로가 말했다.

"이건 젊은 시절부터 신경 써서 훈련한 경험도 있네만, 요즘 들어서는 하령이 덕이 크지."

"음공원주 말씀입니까?"

"그래. 음공원의 연구 과제 중에는 듣고 말하는 일에 대한 장애를 안은 사람들을 위한 것들이 있다네."

음공원의 연구는 다채로웠으며, 의료 분야에 관련된 것들의 비중이 컸다.

"그 성과는 목과 귀가 노화된 노인들에게도 적용되지. 치료 목적에 대해서는 따로 연구가 진행 중이지만, 무공을 연마한 사람이라면 음공 훈련을 통해서 효과를 볼 수 있다네. 난 초기 실험에 지원해서 성과를 봤고."

"그건 몰랐군요."

"그런 거래였으니까. 슬슬 성과가 발표될 시기니 이제는 상관없네만."

문득 형운이 물었다.

"장로님, 새로 뭔가를 하시는 건 힘들다고 하시지 않았습니까?"

"그랬지."

"조금 전에 말씀하신 훈련은 상당한 시간과 노력을 투자하셨을 것 같은데요."

"실험에 참가해서 기초 훈련을 한 기간이 3개월 정도였지. 일주일에 세 번, 하루 한 시진(2시간) 정도이긴 했네만. 그 후로도 꾸준히 훈련하고 있고…….”

운 장로는 형운이 의아해하는 점을 설명해 주었다.

“나는 말의 힘을 믿는다네. 문명사회에서는 말이 곧 힘이지. 우리가 많은 것을 가질 수 있었던 것은 가져야 할 것들의 가치가, 그리고 우리의 입장이 모두 말로 정의되었기 때문일세.”

그런 믿음이 있기에 운 장로는 듣고 말하는 힘을 유지하기 위해서는 얼마든지 시간과 노력을 투자할 수 있었다.

“혹시 하령이가 자네에게도 말해주지 않고 나와 거래해서 서운한가?”

“그렇진 않습니다.”

“하긴 자네는 오래전부터 공적인 입장이 무엇인지 이해하는 몸이었지. 그러면서도 때로는 그 입장을 무시할 수 있다는 건 참 놀라운 일이라고 생각하네. 자네 사부도 그런 구석이 많았지만 언제나 계산을 깔아두고 행동하는 데 비해 자네는 정말 앞뒤 가리지 않는 점이 무서워.”

“저도 계산이야 합니다만.”

“강연진에게 손을 내민 것이 정말로 손익을 계산하고 한 행동이었나?”

“…….”

그 말에 형운은 할 말이 없어졌다.

운 장로가 빙그레 웃었다.

"자네 사부는 정말 짜증 날 정도로 유능했지. 아무리 어려운 상황이더라도 이겨냈고, 객관적으로 손해 볼 수밖에 없는 상황조차도 이익으로 만들어 버리는 힘이 있었다네. 자신감이 넘쳐서 무모한 짓도 엄청 많이 했지만… 그래도 그 행동에는 늘 계산이 있었네. 최악의 상황을 대비하고 있었지. 하지만 자네는……."

"그렇지만은 않았을 거라고 생각합니다."

형운이 불쑥 말을 자르고 나서자 운 장로가 눈을 크게 뜨며 그를 바라보았다. 형운은 부끄러워하며 말했다.

"결과적으로 보면 늘 그런 것처럼 보였을 겁니다. 하지만 전 압니다. 사부님은 자기 마음을 배신하지 않는 분입니다. 언제나 최선을 추구하며, 최악을 대비하지만… 그럼에도 마음이 가리키는 길에서 벗어나지 않는 분이죠. 설령 그 자리에서 죽는다고 하더라도, 그게 자신의 신념이라면 물러나지 않으실 겁니다."

"무인으로서의 그는 그렇겠지. 하지만 영성으로서의 그도 그렇겠나?"

"사람을 어찌 한 가지 입장으로만 말하겠습니까?"

"그렇군. 내가 자네한테 배웠군그래."

운 장로는 유쾌하게 웃었다.

12

별의 수호자의 장로들이 외부로 나갈 때는 필연적으로 일행의 규모가 거창해질 수밖에 없었다.

운 장로를 따라온 업무 관련자는 열 명이었다. 그리고 그들을 호위하는 인원은 수성인 형운을 포함해서 70명을 넘었다.

보통 이런 일행에게는 위험한 상황 자체가 벌어지지 않는다. 도적 떼도, 짐승들도, 심지어 요괴들마저도 상대를 봐가면서 덤비기 때문이다. 따라서 그만한 수를 갖추는 것 자체가 뛰어난 안전 대책이라고 할 수 있었다.

하지만 세상에는 종종 상식이 통용되지 않은 돌발 사태나 미친놈들이 있게 마련이었다.

우우우우우우……!

산길 한복판에서 불길한 기운이 퍼져 나가고 있었다. 접하는 것만으로도 기분이 나빠지는 이 기운은 마기(魔氣)였다.

─정찰조, 더 들어갈 거 없으니 본진으로 돌아와라.

형운은 전방을 살피는 정찰조 무인들을 후퇴시키고는 대뜸 허공에다 주먹을 내질렀다.

쉬이이이……!

그러자 한 줄기 푸른 유성이 100장(약 300미터) 저편으로 포물선을 그리며 날아갔다.

콰아앙!

유성이 떨어지면서 폭발이 치솟았다.

다들 형운이 왜 저러나 싶어서 놀란 표정으로 바라보았고, 형운은 진기를 실어서 모두에게 똑똑히 들리도록 말했다.

"전원 전투 준비. 전방에 적 매복 중. 수는… 129명 남았군. 많기도 하네. 이만한 마인이 어떻게 모인 거야?"

그렇게 말한 형운은 부하들이 반응하기도 전에 허공에 소나기처럼 주먹을 내질렀다.

—나선유성혼(螺線流星魂)—일수백연(一手百聯)!

그러자 수십 발의 유성혼이 포물선을 그리며 날아가서 숲을 폭격했다.

꽈과과과과과광!

마치 내공이 출중한 수십 명의 무인이 일제히 기공파를 퍼부은 것 같은 광경이었다. 수십 번의 섬광이 폭발하면서 흙먼지가 피어오르고 나무가 쓰러지며 난리가 났다.

"크아악! 저 자식, 뭐야!"

"죽여! 다 죽여 버려!"

폭발 속에서 100명이 넘는 마인이 미친 듯이 달려오기 시작했다. 방금 전 폭격으로 몇 명이 죽어나갔는지 수가 120명에 못 미쳤다.

그들이 달려오는 광경 자체가 공포스러웠지만, 형운은 눈곱만큼도 긴장하지 않은 채로 고개를 갸우뚱했다.

"매복한 꼬락서니나 달려드는 꼬락서니나 전문적인 훈련하고는 거리가 먼 것 같은데……."

"심지어 통일성도 전혀 없습니다. 무장으로 보나 움직임으로 보나……."

어느새 옆에 나타난 가려가 한마디 했다.

"그런데도 이만한 숫자가 한자리에 모인 걸로 보니, 소문이 자자한 암천동맹이겠죠? 저리도 제각각인 주제에 기파만은 또 묘하게 비슷한 걸 보니 맞는 것 같은데."

"저도 그 외에 다른 가능성을 떠올리기 힘들군요."

"흠, 일단 오기 전에 좀 두들겨 줘야겠군요. 호위대주, 장로님 곁을 지키세요."

형운은 운 장로를 마차 안으로 피신시키고는 가려에게 그 곁을 지키도록 했다.

그리고 말에 타고 있던 그의 몸이 허공으로 두둥실 떠올랐다. 마치 중력이 사라져 버린 것처럼 5장(약 15미터) 높이까지 떠오른 형운이 열심히 산개해 가면서 달려오는 마인들에게 흉흉한 미소를 지어주었다.

"어디 몇 놈이나 이 앞까지 도착하는지 보자."

다시금 유성혼이 섬광의 소나기, 아니, 호우(豪雨)가 되어 마인들을 폭격했다.

꽈과과과과과……!

"맙소사."

그 광경은 지켜보는 아군들조차도 기겁하게 만들었다.

강연진과 오연서도 마찬가지였다.

"세상에……."

오연서는 입을 다물지 못했다.

그녀는 여러 차례의 대련으로 형운의 실력을 체감해 본 경험이 있다. 그리고 스승인 하성지를 통해서 오성이라 불리는 이의 실력이 어느 정도인지도 알고 있다고 여겼다.

하지만 지금 형운이 보여주는 위용 앞에서 그 인식이 얼마나 얄팍했던 것인지 깨달을 수 있었다.

아는 만큼 보인다고 했던가? 과거보다 훨씬 실력이 올랐기에, 그리고 천공지체가 되어 7심 내공까지 이루었기에 지금 눈앞에서 벌어지는 광경의 의미가 더욱 뼈저리게 와닿았다.

"……."

강연진 역시 마찬가지였다. 형운에 대해서 많이 알고 있다고 생각했다. 자신만큼 그의 실력이 뛰어남을 아는 이가 많지 않으리라고 여겼다.

하지만 지금 이 순간, 강연진은 자신의 생각이 오만했음을 깨달았다.

'이것이 사형의… 오성의 실력.'

천공지체를 완성하여 다른 이들보다 우월한 신체를 지니게 되었다. 천공기심의 힘에 7심 내공까지 더해지자 자신감이 샘솟았다. 기회만 온다면 형운과 어깨를 나란히 할 수 있겠다는.

'난 아직 멀었다.'

지금 이 순간, 그 자신감은 아침 안개처럼 산산이 스러지고 그 빈자리에 겸허함과 경탄이 자리 잡았다.

"마, 말도 안 돼!"

"괴물이다!"

마인들이 혼비백산해서 흩어지기 시작했다. 살육과 폭력의 충동으로 살아가는 자들이라지만 항거할 수 없는 적을 만나자 공포에 집어삼켜진 것이다.

"크아아악!"

하지만 상황의 불리함 따위는 따지지 않는 진짜배기 미치광이들도 있었다. 수십 명이 무력하게 몰살당하는 가운데, 몇몇 마인이 그 화망(火網)을 뚫고 돌진해 왔다.

"제법이군."

반쯤은 운이 좋은 자들이었다.

하지만 나머지 반은 그만한 힘과 실력이 있는 자들이다. 순수하게 실력으로 돌파한 자들도 있는가 하면 다른 마인들의 시신을 방패로 삼으면서 전진해 온, 임기응변이 뛰어난 자들도 있었다.

'하지만 오합지졸일 뿐.'

그럼에도 형운은 그들을 혹평했다.

저들은 그저 머릿수가 많을 뿐이다. 백 명이 넘는 개인을 한자리에 모아놓았을 뿐, 무리 지어 싸울 준비가 아무것도 안 되어 있었다.

만약 흑영신교였다면 형운의 유성혼 폭격으로 인한 피해는 경미했으리라. 개개인의 기량이 아니라 진법의 힘으로 버텨냈을 테니까.

"전원 방어 태세. 호위대주, 후방 인원들을 20명 정도 나눠서 추살조(追殺組)로 편성, 우회해서 놈들을 쫓도록 하세요. 가능하다면 몇 놈은 이야기를 들을 수 있는 상태로 생포하고."

"알겠습니다."

"선두에 달려드는 놈들은 주의해서 막도록. 내공도 출중하고 개개인의 기량도 상당하니까."

형운은 유성혼 폭격을 멈추고 지시를 내렸다.

달려들고 있는 것은 고작해야 30명 정도다. 나머지는 폭격에서 죽거나, 혼비백산해서 흩어졌다.

이 전과는 당사자인 형운도 어처구니없을 정도였다.

'암천동맹, 말이야 많이 들었지만 정말 형편없군. 무인으로서 기본도 안 된 것들이 대부분이라니.'

무리 지어 싸우는 기본만 안 된 것이 아니다. 모여든 129명 중 반수 이상이 아예 무인으로서의 기본이 안 되어 있었다.

그들이 암천동맹이기 때문이다.

무공을 연마한 것이 아니라, 요괴의 영육에 의해 마공을 강제로 터득당했다. 갑자기 엄청 강하고 빠른 육체를 손에 넣고, 큰 파괴력을 발하는 기술도 손에 넣었다.

'나름대로 힘도 세고, 무기도 들었지만 군사훈련은 아무것도 받지 않은 채로 전쟁터에 나온 것이나 마찬가지.'

그들에게는 무인으로서 여러 상황에 대처하는 기본기조차 없었다. 그래서 이토록 어처구니없는 상황이 벌어진 것이다.

'그래도 내가 아니었으면 이렇게 쉬운 상대는 아니었을 거야.'

빠르고 강하고 흉포한 자들은 충분한 머릿수가 모여서 날뛰는 것만으로도 재난이 될 수 있다. 게다가 그들 중에는 어느 정도 실력이 있는 놈들도 섞여 있는 것이다.

퍼엉!

그리고 그런 실력 있는 마인들 중 하나가 폭발에 휘날려서 날아갔다. 형운이 원거리에서 기의 운화로 격침시킨 것이다.

"어디 30장이 얼마나 먼 거리인지 느껴봐라."

적 선두와의 거리가 30장 남은 시점에서, 형운은 싸늘하게 웃으며 양손에 빙백검을 한 자루씩 들었다.

―유설무극검(流雪無極劍)!

두 줄기 섬광이 공간을 가르고 지나갔다. 그 궤적에 걸친 마인들 넷은 머리가 통째로 기화해서 소멸했다.

콰아아아아아!

그리고 그 궤적으로부터 발생한 한기파동이 마인들을 덮쳤다.

"크아아악!"

마인들의 비명이 울려 퍼졌다. 하지만 형운은 심드렁했다.

"여기까지 오는 것조차 못 하는 것들이 기가 살아서는."

형운이 능공허도로 허공을 날면서 재차 유성혼을 난사했다.

꽈과과과과광……!

한기파동에 발목 잡혔던 마인들이 또다시 학살당하기 시작했다.

"이노오오옴! 선풍권룡이었구나!"

결국 별의 수호자의 군진 앞까지 도달한 마인은 불과 열 명이었다.

"그것도 모르고 덤빈 거였냐?"

형운이 어처구니없어하는 사이 그들 열 명이 별의 수호자의 군진에 들이받았다.

이 상황에서도 저돌적으로 달려드는 그 광기만은 형운도 인정할 수밖에 없었다. 하지만 그들에게 승산은 전혀 없었다.

파악!

이곳에 있는 무인들은 모두 별의 수호자의 정예다. 군진을 짠 그들에게 고작 열 명이 두서없이 달려들어 봤자 무얼 할 수 있겠는가?

실력이 있는 자들이라고 해도 이 자리의 조장급과 동수 정도였다. 얼마 지나지도 않아서 하나둘씩 쓰러져 가기 시작했다.

퍼엉!

거기에는 형운이 격공의 기로 간간이 끼어든 것도 한몫했다.

우우우우우!

그렇게 열 명이 둘로 줄어드는 순간이었다.

갑자기 전장 곳곳에서 불길한 기운이 두 생존자에게 모여들었다.

쿠과아아아앙!

두 마인의 몸이 새카맣게 물들어가면서 강렬한 열파를 발했다.

"크악!"

선두에 서 있던 무인이 얼굴을 붙잡고 비명을 질렀다. 강렬한 열파가 진법의 힘을 뚫고 그의 살을 익혀 버렸기 때문이다.

"전방으로 방어 집중해!"

열파는 한 번으로 그치지 않았다. 번갈아가면서 연달아 열파를 폭발시키는 두 마인의 몸이 급속도로 변화하기 시작했다.

'요괴화?'

마인의 몸이 요괴화한다. 마기와 요기가 뒤섞이면서 급속도로 커져가기 시작했다.

하지만 연달아 폭발하는 열파가 그에게 접근하는 것을 불가능하게 만들었다. 별의 수호자 무인들은 진법의 방어력을 높이면서 버티는 수밖에…….

파악!

…없을 줄만 알았다.

"무서운 수법이군."

형운이 발한 유성추가 좌측 마인의 머리통을 날려 버렸다.

한번 열파가 폭발하고 나면 다음 열파가 폭발하기까지는 다섯 호흡 정도의 시간 차가 있다. 다른 이들은 열파를 버텨 낸 직후였고, 또 세 호흡이 지나기 전에 다른 마인이 또 열파를 폭발시키기 때문에 도저히 달려들 틈이 없었다. 하지만 형운에게는 대응하기 충분한 시간이었다.

형운은 다른 하나의 마인도 변화 도중에 처치해 버렸다. 둘다 머리가 날아가도 잠깐 움찔했을 뿐, 금세 재생하면서 작업을 계속했지만…….

화아아아아악!

형운의 막강한 내공 앞에서는 그 끈질김조차 부질없었다.

적을 흔적도 없이 처치해 버린 형운이 죽은 마인들의 시신을 살펴보며 중얼거렸다.

"이건 마치 흡성대법(吸星大法)에 정기를 갈취당한 것 같은 상태인데……."

시신들은 전부 정기를 갈취당한 것처럼 흉측하게 말라비틀어져 있었다. 심하게 훼손되어 있던 시신 몇 구는 부서져서 흩어진 후였고.

"흠, 보고받았던 내용에는 없었는데, 새로운 형태인가?"

싸움이 끝난 것을 확인한 운 장로가 형운에게 다가오며 물었다.

"그런 것 같습니다."

"자네는 역시 특이하군."

"네?"

"이럴 때는 보통 아직 위험이 완전히 사라진 게 아니니 들어가 있으라거나, 뭐 그런 말들을 하거든. 상황이 종료됐다고 확신하는 겐가, 아니면 경험이 없어서 까먹었나?"

"전자입니다. 제 감각이 예민한 것은 알고 계시지 않습니까?"

"예민한 정도가 아닌 것 같네만. 그 정도면 척후를 운용하는 의미가 없는 것 아닌가?"

"감각으로 파악하는 것만으로는 알 수 없는 것들도 있습니다. 예를 들면 도망치던 놈들이 어떻게 되었는가가 그렇죠. 다 죽었다는 건 압니다만, 어떻게 죽었는지는 모릅니다. 추살조가 돌아오면 어떻게 죽었는지 들어봐야겠군요."

곧 추살조가 돌아와서 상황을 보고했다.

"세 놈은 저희가 죽였습니다. 하지만 나머지는 갑자기 멈춰 서서 괴로워하더니 말라비틀어지더군요."

"무서운 놈들이군, 정말로……."

적을 몰살했다. 129명의 마인을 전멸시키면서도 아군은 단한 명의 사망자도 나오지 않았고, 부상자만 세 명 나왔으니그야말로 압승이다.

그런데도 아무도 기뻐하지 못했다.

주변을 꼼꼼하게 살피고, 추살조의 이야기를 자세히 들어본 운 장로가 말했다.

"마치 하나로 연결된 것 같군. 몸도, 자아도 제각각인데 영적으로는 하나인 것처럼……."

"혈살단처럼 말입니까?"

"그래, 그들처럼."

운 장로가 심각한 표정으로 수염을 쓰다듬었다.

물론 혈살단과는 다르다. 혈살단은 단원들의 정신이 공간적 제약을 초월해서 연결되어서 정보와 목적성을 공유하는 집단이다. 조직으로서의 통일성도 있고 규모도 일정 수준에서 유지되는 것으로 밝혀져 있었다.

그에 비해 암천동맹은 정말 역병처럼 그 수가 불어나고 있다.

"누군가의 의도인가, 아니면 인간이 이해할 수 없는 재난에 가까운 마(魔)인가."

이 세상에는 의외로 그런 존재가 많이 있었다. 이성적으로도, 감정적으로도 이해할 수 없고 그저 현상으로만 존재하는 재앙들.

"빨리 뿌리를 찾아서 없애지 않으면 정말 감당할 수 없는 재앙이 될지도 모르겠군. 이놈들 상대하는 쪽에 좀 더 지원을 늘려야겠네."

"동감입니다."

심각한 얼굴로 고개를 끄덕인 형운이 말했다.

"장로님은 여기 있어주십시오."

"왜 그러나?"

"살아 있는 놈이 하나 있습니다."

형운은 조금 떨어진 곳에 있는 시체들로 걸어갔다. 그리고 그곳에 엎어져 있던 마인을 허공섭물로 뒤집었다.

양팔이 날아가고 몸이 바싹 말라비틀어진 모습은 누가 봐도 시체로밖에 보이지 않을 것이다. 하지만 형운은 사라진 안구 너머에서 자신을 바라보는 시선이 있음을 알았다.

　ー선풍권룡······.

그의 성대는 이미 말라비틀어졌기에 소리를 낼 수 없었다. 대신 의념이 전달되어 왔다.

형운이 물었다.

"광세천교도냐?"

　ー그렇다······.

"목숨이 질기군. 다른 놈들은 다 죽었는데."

　ー교도들의 숭고한 희생이··· 내게 시간을 허락하였느니······.

자신들의 목숨으로 인신공양을 해서 광세천의 가호를 얻었다는 뜻이리라.

형운은 심드렁하게 물었다.

"무슨 대단한 말을 하려고 이렇게까지 했지?"

　ー흑영신의 주구들이 일을 벌일 때가 가까이 오고 있다······.

"······."

　ー그들이 '대업'이라 칭하는 일이리라······.

"언제, 어디서?"

　ー알 수 없다······. 다만 때는 가까워졌다······.

"도움이 안 되는 소리군. 어차피 놈들은 늘 사특한 일을 꾸미고, 우리는 늘 거기에 대비해야 하는 처지야."

형운은 어이가 없었다.

고작 이런 말을 전하자고 이렇게까지 했단 말인가?

지금 이 상황은 결코 쉽게 얻어진 것이 아니리라. 당장 이 마인만 하더라도 암천동맹에 소속되어 이 자리에 와서 죽는 운명을 받아들였던 것 아닌가?

암천동맹에 소속되는 것, 형운을 치는 패거리에 끼는 것 모두 광세천에게서 얻은 정보일 터. 과연 여기까지 오기 위해서 대체 얼마나 많은 광세천교 잔당들이 스스로를 인신공양의 제물로 바쳤을까?

'놈들만이 아니라 죄 없는 사람들도 희생되었을 가능성이 높지.'

형운은 신을 패퇴시켜도 멈추지 않는 광신도들의 광기가 너무나 혐오스러웠다. 그래서 발을 들어 그를 짓밟아 끝장내려는 순간…….

─너는 모른다…….

"뭘 말이지?"

─더 이상 미래를 생각할 필요가 없어진 놈들이 얼마나 큰 일을 저지를 수 있을지를…….

"……."

─천두산을… 기억…….

광세천교도의 말은 거기서 끊겼다. 패퇴한 신의 가호가 다한 것이다.

형운은 굳은 표정으로 시체를 내려다보며 생각했다.

'설마 천두산 때 이상으로 큰일이 벌어진다는 것인가?'

그렇다면 정말 큰일이다. 하지만 구체적인 정보가 아무것도 없는 상황에서 뭘 어째야 할까?

황실과 별의 수호자의 조직력으로 할 수 있는 일은 지금도 최선을 다하고 있다. 아무런 근거도 없는 일을 밝혀내려면 다른 방법을 써야 한다.

'백령회 쪽에 도움을 구해야겠군.'

혼마 한서우가 부상을 회복하기 위해 잠적한 지금, 단서를 줄 수 있는 것은 예지능력을 가진 백령회의 영목 무언뿐이리라. 형운은 운벽성 지부에 도착하는 대로 백령회에 연락을 취하기로 했다.

제194장
운벽성 지부

성운을 먹는 자

1

운벽성을 향한 여정의 끝이 다가오고 있었다.

그들은 운벽성으로 들어섰다. 운벽성 지부에 도착하기까지는 아직 열흘은 더 필요했지만, 어쨌든 아직 한 해가 끝나지 않았다는 사실이 모두를 놀라게 했다.

"운벽성 지부에서 새해 첫 일출을 보는 것까지는 실패했네만… 그래도 정말 놀랍군."

운 장로는 웃음을 참을 수 없었다.

"가는 길도 이렇게 갈 수 있겠나?"

"물론입니다. 저도 일 마치면 빨리 돌아가고 싶으니까요."

"흠, 앞으로 종종 부탁할 수 있겠나?"

"그건 사양하고 싶습니다만."

형운이 노골적으로 싫어하는 기색이자 운 장로가 껄껄 웃었다.

"자네랑 다니니까 다시 젊어지는 기분이야. 즐겁구먼."

"저랑 반대시군요. 전 팍삭 늙는 기분입니다."

"어디 자네가 흥미 있어할 만한 이야기를 해볼까? 자네는 운벽성 지부에 관심이 많지?"

"지금 총단에서 거기에 관심 없는 사람이 얼마나 되겠습니까? 게다가 저는 사제도 거기 가 있고."

형운은 시큰둥하게 대답했지만 속으로는 흥미가 일었다.

별의 수호자는 막대한 자금을 투입하여 운벽성에 대규모 연구 시설을 건립 중이다. 본래는 운벽성 외부에 건립할 계획이었다가 이런저런 현실적 문제로 운벽성 지부를 확장하는 방식으로 진행 중이다.

오래전부터 비밀리에 백운지신 연구가 진행되어 온 만큼 운벽성 지부는 다른 지부들에 비해 훌륭한 연구 시설을 갖추고 있었다. 거기에 본격적인 지원이 더해지면서 2년이 지난 지금은 상당히 형태가 갖춰진 상태라고 했다.

하지만 형운이 운벽성 지부에 관심을 갖는 것은 저런 외적인 이유 때문이 아니었다.

"그것뿐인가?"

"그럼 또 뭐가 있겠습니까?"

"예를 들면 성존께서 우리를 어디까지 굽어살피시는가에 대한 이야기라거나."

"……."

"왜 호 장로가 운신단과 백운지신 연구를 운벽성 지부에서 진행했는가에 대한 이야기라거나. 이런 것들이 자네가 운벽성 지부에 흥미를 갖는 이유와 연관이 있을 것 같은데, 아닌가?"

형운이 가만히 운 장로를 바라보았다.

이 여행에서 둘은 많은 이야기를 나누었다. 하지만 당연하게도 정말 민감한 사항은 화제로 올리지 않았다.

그런데 이제 와서 이런 이야기를 하는 저의가 무엇일까?

가면을 쓴 것처럼 미소 지은 운 장로의 눈길에서는 악의를 찾을 수 없었다. 그는 흥미와 호기심으로 형운을 자극하고 있었다.

결국 형운이 물었다.

"흥미가 있다면, 말씀해 주실 겁니까?"

"그럴 생각일세. 아, 대가를 요구하진 않을 테니 걱정 말고."

"어째서입니까?"

형운이 혼란스러워하며 묻자, 운 장로가 차분하게 대답했다.

"자네는 아마 현재 살아 있는 사람 중에는 세 손가락 안에 들어갈 정도로 성존을 많이 배알했을 걸세. 내가 아는 것만 해도 상당하고, 아마 내가 모르는 것도 꽤 있겠지."

형운이 성존을 배알한 경험은 이미 귀혁을 넘어섰다. 사실상 이 장로와 운 장로를 제외한 그 누구도 형운만큼 성존을 많이 배알하지 못했다.

"자네는 시대의 경계에 선 존재일세. 자네가 일월성신을 이룸으로써, 우리는 전설로만 여겼던 많은 것이 현실이 될 수 있다는 확신을 얻었지. 자네를 기점으로 우리의 시대는 다음 시대로 도약하기 시작했네. 그리고 자네는 별의 수호자라는 조직을 새로운 시대로 끌고 간 것만이 아니라, 광세천의 신화마저도 끝내고 말았어."

오랫동안 몽상으로만 여겼던 것들이 현실이 되는 시대. 형운은 그런 시대를 상징하는 존재였다.

그의 행보를 지켜보는 동안 운 장로는 한 가지 터무니없는 예감을 느꼈다.

"자네라면 어쩌면… 아니, 어쩌면 자네의 세대에서 진정한 의미에서 우리의 신화가 종결지어질지도 모른다는 그런 생각이 들더란 말일세."

운 장로는 허공을 바라보더니 말을 이었다.

"전에 내가 말의 힘을 믿는다고 말했지. 무인인 자네에게 는 크게 와닿지 않는 소리일지도 몰라. 자네는 말이 아무런 의미도 없는 상황을 수도 없이 겪어왔을 테니. 하지만 혹시 이런 생각을 해본 적은 없나?"

"무슨 생각 말입니까?"

"별의 수호자는 정말 거대한 조직이지. 국가에 필적하는 힘과 금력을 지녔어. 그런데 그런 조직치고는 내부의 권력을 둘러싼 다툼이 정말 온건하다고 생각하지 않는가?"

"연단술사들의 조직이라서… 는 아니겠죠."

"물론 세상에 순진한 이상주의자들의 조직이 있을 수는 있 겠지. 하지만 그게 우리만 한 규모에, 우리만 한 이권을 다투 는 조직일 수 있다고 생각하는가?"

"…불가능하겠죠."

권좌를 두고 피바람이 몰아쳐도 하등 이상할 게 없다. 아 니, 오히려 그쪽이 당연하다.

당장 별의 수호자, 금룡상단과 더불어 대륙에서 가장 거대 한 금력을 지닌 집단으로 손꼽히는 백리세가의 상황만 봐도 알 수 있지 않은가? 백리검운 사망 후 그들 내부에서는 권좌 를 둘러싼 혈투가 벌어지고 있었다.

그에 비하면 별의 수호자의 권력 다툼은 실로 온건하다.

"물론 무인들 쪽은 아직도 피를 보는 일이 많지. 자네는 놀라울 정도로 온건하게 올라갔네만."

별의 수호자도 무인들끼리의 권력투쟁은 피비린내 나는 경우가 많았다.

무인들은 사람들 눈이 닿지 않는 험지를 돌아다니는 일이 많고, 그곳에서 일어나는 일들은 그 자리에 있는 자들만이 안다. 예전, 형운이 지성 위지혁을 도와주고도 그의 호의를 경계했던 것도 다 이유가 있었다.

형운이 이런 경쟁으로부터 자유로웠던 것은 운이 따라주었기 때문이었다.

가끔 어린 시절, 마곡정이 처음 그에게 싸움을 걸어왔을 때를 되새겨 보면 섬뜩해질 때가 있었다. 마곡정의 성정이 음험했다면 그때 실수를 빙자해서 형운에게 돌이킬 수 없는 부상을 입힐 수도 있었던 것이다.

생각해 보면 그것은 운 장로의 성품 덕이었는지도 모른다. 운 장로는 권력을 추구하면서도 피를 보는 방법을 선호하지 않았다.

운 장로가 말을 이었다.

"우리라고 그런 일이 없었던 것은 아니네. 예전의 기록을 뒤져보면 쉽게 상상할 수 있는 그런 일들이 일어났지. 예를 들면 경쟁 상대의 연구에 첩자를 심어서 결정적인 순간에 연구를 망쳐놓는다거나, 연구실에서의 사고로 위장해 암살한다 거나."

인간의 본성을 생각하면 당연히 있어야 할 것 같은 다양한 암투가 있었다. 그들의 실력, 그리고 연구하는 것의 가치를 도외시한 권력 다툼이.

"그런 일들 때문에 조직의 발전이 정체된 시절이 있었네. 아니, 퇴보했었지. 무인들 사이에도 심심치 않게 피바람이 불고 능력 있는 연단술사들이 권력 다툼 속에서 죽어가거나 기회를 잃는… 그런 시절이."

별의 수호자의 암흑기에 종지부를 찍은 것은 하늘이 내린 천재로 불렸던 한 연단술사의 죽음이었다.

"처음으로 일월성단─별을 안정화하는 데 성공한 사람이 었지."

안정화에 성공하기 전까지 일월성단은 그저 연구용으로 활용될 뿐이었다. 당시의 연단술사들에게 일월성단 안정화 는 언젠가는 해내야만 하는, 성존에게 받은 과제나 다름없었 다.

"그가 없었다면 우리 조직 무인들의 내공은 지금보다 최소한 한 단계는 낮았을 걸세. 그리고 자네가 일월성신을 이루지도 못했겠지."

그는 일월성단─태양의 안정화 연구를 진행하던 중 불의

의 사고로 사망했다.

하지만 그 내막은 추악했다. 그와 장로직을 두고 다투던 경쟁자의 배후 세력이 사고를 위장해 암살한 것이다.

안정화되지 않은 일월성단—태양이 폭주하면 연구실 하나가 날아가는 것으로 끝나지 않는다. 증거 따위는 찾을 수 없었다.

"그러나 사람의 힘으로는 알 수 없어도, 성존께서는 알 수 있었다네."

일월성단—별의 안정화에 성공하는 것으로 그는 성존의 주목을 받고 있었다. 그 사실이 의미하는 바를 누구도 몰랐던 것은 성존이 오랫동안 보여온, 인간사에 무관심한 태도 때문이었을 것이다.

그날, 별의 수호자의 고위직들은 자신들이 무엇을 망각하고 있었는지 깨달을 수 있었다.

성존의 성몽이 총단 전체를 휘감았다. 총단의 모든 인간이 성몽 속에서 성존을 보았다.

"과거의 문헌들은 그야말로 신의 위엄이었다고 기록하고 있네. 성존께서는 일의 진상을 모두에게 밝히고, 그 일에 관련된 모든 자를 끔찍하게 처형해 버렸다고 하더군."

성존은 오로지 숙원을 위해서만 살아가는 자. 그의 모든 감정은 숙원에 관계되었을 때만 발생하며, 숙원과 무관계한 일들에는 일말의 관심도 두지 않는다.

반대로 숙원을 방해받았을 때, 그는 인간은 상상도 할 수 없을 정도로 거대한 분노와 증오를 보인다.

"신의 욕망은 인간처럼 다양하지 않다. 다만 단순한 욕망이 억조창생의 운명을 좌우할 정도로 거대할 뿐이다……."

권력 다툼에 열을 올렸던 별의 수호자의 고위직들은 그 의미를 깨닫게 되었다.

이 일에 약간이라도 관여한 자들은 남김없이 처형당했다. 죄의 경중 따위는 상관없이, 그들은 10년의 형벌 속에서 자신이 저지른 짓을 후회했다.

"그야말로 현계에 도래한 지옥이었다는군."

그들은 그냥 죽지도 못했다. 성도의 탑 꼭대기에서 10년의 시간 동안 끊임없이 고통받으며 인간으로서의 모든 것을 파괴당하며 죽어갔다.

"죽어야 하는 상처와 부상 속에서도 죽지 못하고, 다치고 재생하고 죽고 되살아나기를 반복하면서……."

성몽 속에서 인간을 죽이는 온갖 살해법들이 펼쳐졌다고 한다. 그들이 죽어가는 10년 동안 모두가 그 광경을 볼 수 있었다.

"…그때의 공포가 권력자들로 하여금 이 조직의 본질이 무엇인지, 자신들의 권력이 어디에서 오는 것인지 깨닫게 했지.

그래서 장로들은 한 가지 규칙을 정하게 되었다네."

연단술사들은 일정한 지위에 오르면 성도의 탑에서 성존에 대한 맹세 의식을 치르게 된다. 그 맹세의 내용은 신에 대한 충성이 아니라 연단술사로서 지켜야 할 상식과 도덕이었다.

"그리고 그것은 신과의 서약이지. 어겼을 때는 어떤 대가를 치를지 알 수 없는 강제성이 존재하는."

"…그 규칙이 별의 수호자라는 조직의 순수성을 지켜온 겁니까?"

"그렇다네. 인간의 본성은 아무리 작은 집단 속에서도 서열을 나누고 권력을 만끽하고 싶어 하지. 조직을 건전하게 지키기 위해서는 인간이 선의로 이루어졌다고 순진하게 믿는게 아니라 인간이 악의를 지닌 존재임을 알고 그것을 실천할 수 없도록 하는 장치가 필요한 것일세."

엄숙하게 말한 운 장로가 말을 이었다.

"그 이후 우리는 진보를 계속해 왔지. 피비린내 나는 일들이 없어지진 않았지만 조직의 규모를 생각하면 내부의 경쟁은 놀라울 정도로 온건해졌네. 그래서 우리는 세상 속의 또 다른 세상이라고 해도 될 만큼 거대한 이 조직 속에서 권력 그 자체를 두고 피 흘리는 대신 서로의 이상을 위해 말과 실적으로 싸우게 되었고."

"......."

"그건 참 좋은 일이야. 하지만 그 결과 우리는 한 가지 문제를 안게 되었다네."

"무슨 문제 말씀입니까?"

"모두가 순진해져 버렸다는 게 문제일세."

"네?"

말뜻을 이해하지 못한 형운이 의아해하며 묻자 운 장로가 피식 웃었다. 그리고 말뜻을 설명하는 대신 다른 이야기를 했다.

"우리 한번 솔직하게 말해보세, 수성. 자네가 운벽성 지부에 관심을 갖는 이유는 무엇인가?"

"......."

"허허, 그래. 내가 짐작한 바를 말해보지. 자네는 성존께서 성도의 탑에서 일어나는 모든 일을 알 수 있음을 알아. 그렇다면 운벽성 지부에서 일어나는 일도 그럴까 궁금해하고 있지 않은가? 그리고 '우리가' 굳이 백운지신 연구를 운벽성에서 진행한 것이 그 사실을 확인하기 위한 실험이라고 생각하지는 않는가?"

정곡을 찌르는 말에 형운이 한숨을 쉬었다.

"제 속을 완전히 꿰뚫어 보고 계시는군요."

"서로 무엇을 알고 있는지 생각해 보면 어렵지 않게 추측

할 수 있는 내용일세. 그리고 자네가 예상한 바가 맞네."

장로들은 오래전부터 어느 정도는 확신을 갖고 있었던 사실이다. 하지만 과연 그것이 백운단처럼 성혼좌의 본질과 가까운 존재에도 적용되는지는 확신이 없었다.

"백운지신 연구를 통해 우리는 확신을 얻을 수 있었다네. 성존께서는 성도의 탑을 중심으로 그 주변에서 일어나는 일들을 마치 신처럼 굽어살피시지. 하지만 운벽성 정도로 멀리 떨어진 곳에서 일어난 일은 알지 못하시네. 그분은 신이지만, 진짜 세계에 비하면 모형 정원처럼 작은 세계의 신 같은 존재지."

다만 그 작은 세계에 봉인된 신의 꿈이 진짜 세계를 파멸시킬 수 있을 뿐이다.

"다시 이야기를 되돌려 볼까. 만약 사기꾼의 존재가 없는 세상이라면 사람들은 사기당할 걱정을 하지 않고 살겠지. 그건 즉, 사기에 대비하느라 머리 쓸 필요가 없다는 소리라네. 우리 조직의 상태가 그것과 비슷해. 다들 성존에 대한 맹세가 만들어내는 강제성을 믿고 안심하고 있어. 그런데 만약 어느 날 갑자기 성존께서 숙원을 이루고 사라진다면?"

분명 감당할 수 없는 혼돈이 덮쳐올 것이다. 순진하게 살아도 괜찮았던 사람들은 더 이상 순진해서는 안 되는 세상에 적응하지 못하고 쓰러질지도 모른다.

"언젠가, 그 언젠가……. 그건 사실 영원히 오지 않을 날을 가리키는 말일세."

분명히 언젠가는 이루어질 일인데도, 그날이 자신이 살아가는 시대와는 상관없는 일이라고 생각해 버리고 만다.

"모두 순진한 사람들이야. 그렇게 살아도 되기 때문에 그만큼이나 뛰어난 업적을 이룰 수 있었고."

하지만 모두가 그래서는 안 된다. 울타리 바깥의 세상은 순진하지 않으니까. 그들을 지켜주는 신의 손길이 사라지는 순간 그들은 거친 세파에 휩쓸리고 말 것이다.

"누군가는 그다음을 대비해야만 하네. 그들이 계속 순진하게 살아가도 되는 세상을 지키기 위해서."

운 장로는 모두가 불분명한 먼 훗날로만 생각하는 언젠가를 현실로 인식하고 대비했다. 그는 별의 수호자라는 조직을 사랑했고, 언제까지나 연단술사들이 이런 울타리 속에서 이상을 추구할 수 있기를 바랐다.

운 장로가 부드럽게 웃으며 말했다.

"자네는 부디 변하지 말게. 자네 스승이 그러했듯이 언제까지나 지금 같은 모습으로 있어주게나. 내 적이며, 우리의 적으로서."

"어째서입니까?"

"우리는 상호 보완적인 존재이기 때문일세. 자네도 이해하고 있겠지. 예전에 지성과 나눈 대화를 전해 들었을 때, 나는 확신했네. 우리는 서로 다른 이상을 품고 정적(政敵)으로 마주했지만, 그럼에도 둘이 대립하며 서로의 공백을 채워가기에 의미가 있다는 것을."

예전에 형운인 지성 위지혁에게 말했었다.

'그 체계가 완전하지 못한 이상, 누군가는 체계 밖에서 투쟁해야 합니다. 체계의 불합리성 때문에 내쳐진 사람들에게 기회를 주기 위해서.'

운 장로는 그 말을 끄집어내고 있었다. 그것은 형운의 신념이며, 또한 귀혁의 신념이기도 했다.

"자네의 일생 동안… 어쩌면 가까운 미래, 혹은 오늘이나 내일 갑작스럽게 신화의 시대가 끝날지도 모르지. 그렇게 되면 우리는 인간의 시대를 준비해야 하네. 그리고 그 준비는 빠를수록 좋겠지."

운 장로의 평생은 그 시대를 준비하는 삶이었다. 그리고 그 준비는 지금도 계속되고 있었다.

운 장로는 아스라한 눈으로 하늘을 바라보며 중얼거렸다.

"나는 그 시대에도 우리 조직이 순진하고 위대한 사람들의 안락한 보금자리가 될 수 있기를 바라네."

2

별의 수호자의 운벽성 척마대 지부장, 양우전은 하루 종일 일이 손에 잡히지 않았다. 뭐라고 말할 수 없는 복잡한 기분이 그의 집중력을 흩뜨리고 있었다.

"어디 안 좋으십니까?"

집무실에서 그의 결재를 기다리던 호용아 부대주가 물었다.

양우전이 고개를 저었다.

"아닙니다. 그냥 좀… 심란하군요."

자존심 강한 양우전은 좀처럼 자신의 속내를 다른 사람들에게 털어놓지 않는다. 하지만 극히 예외적인 인물이 둘 있었다. 오랫동안 손발을 맞춰왔고, 신세도 많이 진 호용아가 그 중 하나였다.

호용아는 그가 심란해하는 이유를 쉽게 짐작할 수 있었다.

오늘, 수성이 된 형운이 운벽성 지부에 도착한다. 운 장로의 호위로서.

양우전은 그녀에게 형운에 대한 감정을 토로한 적이 없다. 하지만 호용아는 그가 형운을 크게 의식하고 있다는 것은 잘 알고 있었다.

게다가 이번에는 강연진까지 온다. 어린 시절부터 양우전
과 대립해 온 숙명의 경쟁자.

이런 상황이니 양우전이 심란해할 수밖에 없었다.

호용아가 말했다.

"지부장님은 지금까지 잘해오셨습니다."

"……."

"솔직히 말씀드리자면 예전에는 배경 좋고 운 좋은 도련님
이 오만방자하다고 생각했던 적도 있었지요."

"…제 평가가 그렇게까지 나빴습니까?"

"짐작하지 않으셨습니까?"

"그 정도일 줄은 몰랐습니다."

양우전이 벌레 씹은 표정을 지었다. 호용아는 쿡, 하고 웃
으면서 말했다.

"하지만 지금은 아닙니다. 다들 대주님이 능력도 있고, 누
구보다도 많이 노력하는 사람이라는 걸 알고 있습니다. 성격
이 진중하지 못하고 신경질적이라 밑에서 일하기에는 짜증
나지만, 그래도 전장에 나가면 누구보다도 자기들 목숨 챙겨
주는 사람이라는 믿음도 있지요. 그리고 사실 무인들 입장에
서는 그것만으로도 어지간한 단점들은 다 용서가 됩니다."

"……."

"왜 그러십니까?"

"곧 떠나신다고 정말 가차 없이 말씀하시는군요."

양우전이 툴툴거렸다.

호용아는 얼마 후면 운벽성 지부를 떠난다.

이유는 두 가지였다.

첫 번째는 오랫동안 그녀를 한계에 가두어놓은 문제, 흑검대의 내공 제한을 한 단계 상승시켜 줄 방법이 나와서 그 시술을 받기 위해서.

두 번째는 인사이동이었다. 지성 위지혁의 요청으로 풍령국 본단의 척마대주를 맡게 되었기 때문이다. 그녀는 척마대 부대주로 일한 경험이 풍부한 데다가 풍령국 출신이기도 하니 가장 이상적인 인선이 될 수 있었다.

이것은 양우전 입장에서는 큰 인력 손실이었다. 운벽성 지부의 체제가 제대로 자리 잡기까지는 호용아의 공이 컸기 때문이다.

이것이 양우전의 뒤통수를 치는 일이 될 수 있기에 운 장로 일파에서도 인사를 결정짓기에 앞서 양우전에게 조심스럽게 허가를 구해왔다. 그리고 양우전은 망설임 없이 그녀를 보내 주었다.

호용아가 생긋 웃었다.

"저 아니면 지부장님에게 이런 말을 해주는 사람도 없지 않겠습니까?"

"후임자에게 기대를 걸어봐야죠. 뭐, 호 부대주만큼 유능한 사람이 올 것 같지는 않습니다만."

말투는 삐딱했지만 내용은 더없는 찬사였다. 양우전이 그리 말하면서 쑥스러운 듯 슬쩍 시선을 피하자 호용아가 웃었다.

"이번 일까지는 확실하게 처리해 두고 갈 테니 염려 놓으시지요. 일이 손에 안 잡히는 것 같은데 오늘은 쉬시는 게 나을 것 같군요. 급한 일들은 다 처리해 놔서 좀 여유가 있으니까요."

"충고 고맙습니다. 그리고 호 부대주."

"예."

"축하합니다."

양우전은 호용아가 오랫동안 한계에 갇혀서 괴로워했음을 알고 있었다. 뛰어난 재능을 갖고 있음에도 출신 때문에 흑검단이 되는 길을 선택할 수밖에 없었고, 흑검단의 기술적 한계가 그녀의 재능을 억누르는 족쇄가 되어왔다.

하지만 이제 호용아는 그 한계 너머로 발을 디딜 수 있게되었다.

"감사합니다. 그리고 대주님."

"왜요?"

"저 말고 다른 사람한테도 그런 말을 건네실 줄 알게 되면

평판이 훨씬 좋아질 겁니다."

"……."

"그럼 이만 물러가겠습니다."

호용아는 깍듯하게 예를 표하고는 집무실에서 나갔다.

혼자 남은 양우전은 문득 공허함을 느끼며 멍하니 허공을 응시했다.

지금까지 정말 치열하게 살아왔다고 생각한다.

최고가 되고 싶다는 야심에 한순간도 게으름을 피우지 않고 달려왔고, 많은 것을 거머쥐었다. 하지만 마음을 털어놓을 수 있는 사람은 극히 적었다.

'친구 놀이나 하고 있었으면 여기까지 올 수도 없었어.'

양우전은 입술을 깨물었다.

어린 시절의 그는 오만방자했다. 자신의 재능이 그 누구에게도 뒤처지지 않는다고 믿어 의심치 않았다.

하지만 나이를 먹을수록 그 확신이 착각에 불과했음을 깨닫게 되었다.

균열이 발생한 것은 분명 그때였다. 영성의 제자단을 휘어잡고 골목대장 노릇을 하다가 형운에게 호된 맛을 본 순간.

그 전까지 양우전은 시간만 주어지면 형운을 얼마든지 따라잡을 수 있는 상대로 보았다. 하지만 그날의 경험은 그가 품고 있던 모든 확신을 산산조각 냈다.

그리고 다시 시간이 흘러서, 강연진이 앞을 가로막았을 때… 양우전은 절망했다.

자신의 재능은 이토록 초라한 것이었을까. 자신의 노력은 이토록 부질없었나.

그런 생각에 마음이 부서질 것만 같았다.

다시 일어날 수 있었던 것은 귀혁의 가르침 덕분이었다.

'네가 이제야 겪는 그 일을, 형운과 강연진은 오래전부터 수도 없이 겪고 있었단다.'

귀혁은 넘어진 제자를 일으켜 세우기 위해 다가와서 말했다.

'그런데 넌 고작 한 번 만에 주저앉을 테냐?'

그 말이 양우전의 자존심을 자극했다.

그의 드높은 자존심은 남들이 없는 곳에서 홀로 눈물 흘리는 것조차 용서하지 못했다. 그 자존심이 자신의 마음을 할퀴어 피를 흘리게 한다고 하더라도, 그는 그 자존심을 붙잡은 채로 살아왔다.

오만이 산산조각 나버리면 어떤가. 천재가 아니었음을 깨달았으면 또 어떤가.

그렇다고 하더라도 그의 자존심은 무너지지 않았다. 그래서 열등감으로 너덜너덜해진 마음으로도 달리기를 멈추지 않을 수 있었다.

그의 시선은 한결같이 형운에게 향해 있었다.

'언젠가는.'

지금은 까마득하게 뒤처져 있더라도 언젠가는 반드시 그와 같은 눈높이로 세상을 바라보고 싶었다. 그것만이 그의 마음에 새겨진 흉터를 지우는 유일한 길이리라.

하지만 이따금씩 뜻밖의 순간에 온기를 맛보게 될 때마다 생각한다.

'다른 길도 있지 않았을까?'

자신이 걸어온 길이 틀렸다고는 생각하지 않는다. 하지만 분명 다른 길도 있었을 것이다.

만약 그 길로 갔다면 자신은 어떻게 살고 있었을까?

자존심을 내려놓고 다른 녀석들처럼 강연진에게 어린 시절의 과오를 사과했다면, 그랬더라면…….

'…난 그렇게 살 수 없어.'

양우전은 부질없는 상상을 떨쳐냈다. 그런 가능성을 떠올려 보기에는 너무 멀리 왔다. 돌이킬 수 없을 정도로 멀리…….

'난 틀리지 않았어. 내 선택은 옳았다.'

양우전은 내면의 목소리에 귀를 기울였다.

'당당하게 보여주면 돼. 지금의 나를.'

언제나처럼 확신에 찬 그 목소리는 달콤하기 짝이 없어서,
양우전은 심란함을 떨쳐내고 안심했다.

3

운벽성은 야만족을 막는 육지의 성벽으로 불리는 곳이다.
인접해 있는 호장성이나 영운성보다 땅이 훨씬 넓었으며, 동
부와 서부의 분위기가 많이 달랐다.

해룡성과 연결 고리가 있는 서부는 관군이 주둔하고 있어
서 대부분의 지역이 군사도시였다. 주요 시설은 전부 관군의
소유였고, 거의 모든 민간 시설은 관병들을 대상으로 장사를
하고 있었다.

그에 비해 호장성, 영운성과 이어지는 동부는 군사적인 분
위기가 덜했다. 그렇다고 하더라도 다른 지방에 비해 관군을
흔히 볼 수 있고, 병사들의 위세가 큰 것은 마찬가지였지만.

당연하게도 운벽성 지부는 동부에 위치해 있었다.

아무리 별의 수호자에도 군사도시인 운벽성 본성에는 일
정 규모 이상의 시설을 지을 수 없었기에 동부의 소도시 천모

에 자리를 잡았다.

운 장로가 말했다.

"천모가 소도시다 보니 부지 확장에 한계가 있었지. 그래서 도시 외부에 건립하는 쪽으로 추진했었네만 여러 가지 문제가 생겨서 결국 주변의 부지를 사들여서 진행 중일세."

"⋯⋯."

천모에 도착한 형운은 할 말을 잃었다. 그럴 수밖에 없는 광경이 펼쳐져 있었기 때문이다.

'보고서를 보고 상상한 것 이상이군.'

운벽성 지부의 확장이 결정된 지 2년이 지난 지금까지도 대규모 공사가 이어지고 있었다.

그런데 그 공사가 이루어지는 영역이 대단했다.

별의 수호자는 운벽성 지부 주변 거리를 통째로 사들여서 운벽성 지부의 토지를 다섯 배로 넓혔다. 그리고 그것으로도 모자라서 천모의 성벽을 허물고 산을 깎아내면서 바깥으로 영역을 확장하여 그만한 토지를 추가로 확보했다.

물론 이것은 관부에 허락을 받은 일이었다.

사들인 거리에서 살던 사람들의 이주 비용에 새로운 성벽과 도로의 유지 보수까지 모두 별의 수호자에서 책임지겠다는 조건이었다.

토지 매입만 해도 시가보다 훨씬 웃돈을 줬기에 천문학적인 자금이 소모되었다. 그리고 지금도 실시간으로 돈이 불타오르고 있는 중이다.

'지부 좀 확장하겠다고 성벽을 허물고 도시 영역을 2할이나 확장하다니, 이거 정말……'

참으로 별의 수호자다운 행동이라고나 할까.

덕분에 천모의 상점가는 2년째 대호황을 누리고 있었다.

운벽성 각지에서 인부들이 모여들었고, 흑도 무리 중 질 나쁜 자들은 별의 수호자에 의해서 싹 청소되었기 때문이다.

문득 형운의 눈길이 한곳에 못 박혔다.

운벽성 지부에는 다른 건물들보다 높은 건물 두 개가 있었다.

하나는 이미 완성된 건물로 7층 전각과 맞먹는 높이의 탑이다.

그리고 또 하나는 한창 건설 중인 건물로, 완성되면 그보다 더 크고 높은 탑이 될 것 같았다.

운 장로가 말했다.

"알아봤나 보군. 저 탑이 백운단 보관 시설일세."

"성도의 탑과 닮았군요."

"성도의 탑의 축소판으로 만들었으니까. 옆에 있는 탑은 성도의 탑을 거의 고스란히 모방하는 방식으로 지어지지."

"지금은 재현할 수 없는 기술들이 들어가 있지 않았습니까?"

성도의 탑이 건립된 지는 아주 오래되었다. 건축 기술만 따지면 훨씬 더 나은 건물을 지을 수 있을 것이다.

하지만 성도의 탑은 신화시대의 힘이 비장된 건축물이었다. 그 자체로 신화의 유물이라고 할 수 있기에 현대의 기술로는 재현할 수 없는 부분이 다수 존재했다. 예를 들면 일월성단의 재료가 되는 햇빛, 달빛, 별빛의 파편을 수집하는 기능부터가 그렇다.

"물론 그런 부분들은 어쩔 수 없지. 일단은 현재의 기술로 가능한 최선을 추구하고 있네."

성도의 탑에 대한 연구는 꾸준히 이루어지고 있었다. 그 성과를 뽐낼 기회이기에 기술자들도 열정적으로 일하고 있는 중이다.

"이 계획을 추진하면서 마존께서 돌아가신 게 참 아쉬웠다네. 그분이 살아계셨다면, 하다못해 그분의 진전을 온전히 이어받은 후계자라도 있었다면 좋았을 것을……."

이현은 인간의 기술로 신화의 영역에 도달했던 인물이었다. 그 능력이 이론화된 영역을 크게 초월했기에 그의 제자 중 누구도 그의 진전을 제대로 잇지 못했다.

이현이 있었다면 좀 더 많은 것을 구현할 수 있었을 것이다. 하지만 이현이 없는 지금은 많은 부분에서 한계를 느껴야 했다.

"하지만 이건 이것대로 큰 의미가 있겠지. 언젠가 다가올 인간의 시대를 대비한 상징물로서."

운 장로는 그리 말하며 운벽성 지부 안으로 들어섰다.

4

원세윤 장로는 환영회를 준비하고 기다리고 있었다.

그녀의 성격상 거창하고 따분한 자리는 아니었다. 먼 길을 오느라 고생한 이들의 노고를 달래는 의미에서 먹고 즐기는 자리를 준비해 두고 있었다.

모두가 긴장을 풀고 웃고 떠들기 시작하자 형운은 비로소 안도의 한숨을 쉬었다.

'무사히 왔군.'

오는 내내 여유가 넘치는 척했지만 사실은 바짝 긴장하고 있었다.

수성이 된 후로 처음 맡는 중요한 임무, 그것도 별로 경험이 없는 요인 호위였으니 당연했다. 그런 그의 옆에 나타난 가려가 말했다.

"수고하셨습니다."

"호위대장도요."

형운이 빙긋 웃으며 가려에게 술잔을 권했다. 평소 같으면 무뚝뚝하게 거절했을 그녀도 형운이 긴 임무를 성공적으로 마쳤음을 축하하고 싶었는지 딱 한 잔만 받아주었다.

"이번에 나 어땠어요?"

"지적하고 싶은 점이 수도 없이 많았습니다."

"…그, 그렇게 못했어요?"

"하지만 짜증 나게도, 원칙적으로는 문제가 되는 것을 개인의 능력으로 해결할 수 있는 것이 수성님이지요. 그놈의 일월성신……."

술잔을 비운 가려가 투덜거렸다. 형운이 피식 웃었다.

"사람 지키는 일이야 앞으로도 많이 배워야지요. 뭐가 문제였는지 가르쳐 줘봐요. 다음에는 잘해볼 테니까."

"좋은 마음가짐입니다."

순간 형운은 등골이 오싹해졌다. 자신을 보며 미소 짓는 가려의 눈빛이 먹잇감을 발견한 맹수의 그것처럼 위험해 보였기 때문이다.

"우선은……."

그리고 형운은 자신의 말을 후회하게 되었다.

가려가 그때부터 두 달 가까운 여행 내내 형운이 실수한 부분들을 하나하나 짚어가면서 강의를 시작했기 때문이다.

'아, 누나가 두루뭉술하게 넘어가려고 했을 때 그랬어야 하는데!'

가려는 호위무사로서의 직업의식이 대단히 투철했다. 그래서 이 문제로 열을 올릴 때는 누구도 말릴 수가 없었다.

'누, 누가 좀 구해줘……'

끝없이 이어지는 잔소리에 정신력이 탈탈 털리던 형운을 구원하는 목소리가 들려왔다.

"오랜만이군. 늦었지만 수성 취임을 축하하네."

원세윤 장로였다.

형운이 그녀를 보며 반색했다.

"감사합니다."

뒤에서 가려가 다른 사람에게는 들리지 않게 쳇, 하고 혀를 찼지만 형운은 못 들은 척했다.

"운벽성 지부에 대한 감상은 어떤가?"

"오랜만에 우리 조직의 돈 쓰는 감각이 얼마나 큰지를 실감하게 되는군요."

운벽성 지부 확장에 투입되고 있는 자금은 천모 전체의 경제 규모보다도 수십 배는 더 컸다. 각지에서 인부들이 모여들었기에 천모는 막대한 호황을 누리고 있는 중이다.

"자네가 특무대로 벌어들인 돈을 열심히 쓰는 중이지."

"투자 아닙니까. 앞으로 더 많은 돈을 벌어들이겠지요."

"그렇겠지. 천모는 많이 달라질 거야. 앞으로는 성해처럼 번화한 도시로 거듭날 걸세."

운벽성 지부의 확장이 끝나고 나면 자연스럽게 그렇게 될 것이다.

"이번에 이 장로님이 오시지 못한 것은 아쉽군. 보여 드리고 싶은 것이 많았는데……."

"여기 오가는 시간도 아까워하시더군요. 많이 고민하신 것 같긴 했습니다."

천공지체 연구와 백운지신 연구의 경쟁은 팽팽하다. 원 장로의 지휘하에 백운지신 연구가 착착 성과를 내놓고 있기에 이 장로도 방심하지 않고 열정적으로 일했다.

"믿을 만한 사람을 보내셨겠지. 윤 연단사는 천공지체 연구의 실무를 책임지는 차기 장로 후보 중 한 명 아닌가. 직접 보여 드리지 못하는 것은 아쉽지만 믿을 만한 사람의 말로 전해 드리는 것도 의미가 있다고 본다네."

"자신 있으신 것 같군요."

"우리가 한발 뒤처져 있는 것은 인정하네. 하지만 그건 우리 연구진이 부족해서가 아니야. 환경 문제지."

확실히 백운지신 연구진은 천공지체 연구진보다 불리한 싸움을 해왔다. 이번만 하더라도 총단에서 가치를 증명하고 운벽성 지부로 다시 내려오는 시간이 발목을 잡지 않았는가.

"운 장로님이 운신단에 대해서는 이미 자네에게 밝혔다고 들었네만."

"예."

"운 장로님 말씀으로는 자네가 아마도 우리만큼이나, 혹은 우리보다도 더 백운단의 본질을 잘 이해하고 있을 거라고 하시더군. 우리는 이론으로 알지만 자네는 감각으로 알고 있을 거라고."

"……."

"어차피 주인 될 사람으로서 한번 검증해 주지 않겠나? 운 신단에 대해서."

"검증으로 하나를 소모하시게 될 텐데요?"

형운은 노골적으로 자기가 하나 먹겠다는 뜻을 밝혔지만 원 장로의 태도는 흐트러짐이 없었다.

"상관없네. 이미 복용 실험에 투입하기에 충분한 양을 만들어뒀거든."

"그러신다면야 제안에 응하지요."

"우전이의 검증과 자네의 검증, 양쪽의 자료를 모두 얻을 수 있다면 크게 남는 장사지. 자네는 백운지신의 원본이니까. 그리고 우리가 가야 할 길을 밝히는 등대고."

"백운지신은, 운화의 활용도에 대해서는 이미 제가 배워야 하는 입장이라고 봅니다만."

"그럴지도 모르지. 하지만 나는 확신하지 않네. 그리고 내가 자네를 등대라 말한 의미는 그게 아니야. 나는 아마도…

이 장로님이 나와 같은 가설을 세우고 계실 것이라고 확신하네."

원 장로의 말에 형운이 움찔했다. 미미한 눈매의 떨림을 본 원 장로가 빙긋 웃었다.

"그렇지 않았다면 흔쾌히 천공지체 두 사람과 연구진을 이곳으로 보내주시지 않았겠지. 아마 우리는 같은 미래를 보고 있을 것이야. 어느 쪽이 주도권을 쥐느냐의 싸움일 뿐. 그래서 솔직히 분하군."

"왜입니까?"

"연단술사로서의 나는 끝끝내 누군가의 뒷모습을 따라갈 수밖에 없다는 것이. 자네는 내게 많은 좌절감을 심어준 존재야. 성존님 다음이라고 할 수 있지."

"……."

"자네가 일월성신을 이루었기에 전설의 신체들이 실현 가능 하다는 확신으로 움직일 수 있었다. 자네가 운화의 힘을 얻었기에 백운지신이 있을 수 있었다. 그리고… 자네가 일월성신이면서 동시에 천공지체를 이루었다고 확신했을 때는 어처구니가 없었지."

형운이 천공지체의 능력을 지닌 것은 더 이상 비밀이 아니었다. 실전에서 몇 번이나 선보였으니 어쩔 수 없다.

하지만 운 장로 일파는 그 본질을 두고 고민해야 했다. 과연 형운이 운화의 힘을 쓰듯 천공지체의 능력을 체현 가능 한 것뿐인지, 아니면 천공지체 그 자체를 이룬 것인지 알 수 없었기 때문이다.

"능력 일부를 재현할 수 있다는 것만으로도 놀라운 일이지. 그런데 전설의 신체 두 개를 한 몸에 이룬다……. 가능하다고 믿기 어려웠어."

하지만 원 장로는 결국 확신을 얻었다. 형운에 대한 자료를 통해서가 아니라 백운지신 연구가 진행됨으로써.

"그 확신은 나와 이 장로님을 같은 결론으로 이끌었다……."

결국 모든 것이 형운이 남긴 궤적을 따라가는 과정이었다. 원 장로는 그 사실에 분함을 느꼈다.

하지만 그것으로 끝은 아니다. 그녀도, 이 장로도 분명 그 다음을 계획하고 있었다.

"다만 백운지신과 천공지체의 미래가 처음 생각했던 것과 많이 달라진 것은 사실이야."

본래 둘 중 하나만이 살아남을 경쟁이었다. 패배한 쪽은 일월성단급 비약과 거기서 파생되는 비약 연구로 축소되었을 것이다.

하지만 이제는 사정이 달라졌다. 원 장로는 더 이상 말하지 않았지만, 장래에는 백운지신 연구와 천공지체 연구가 통합될 수도 있으리라.

"이번 교류는 흥미로운 시간이 될 것이라 기대하고 있네. 우전이를 지켜봐 주게나. 저 아이는 정말… 자네를 많이 의식하고 있거든."

"알고 있습니다."

형운은 좀 떨어진 곳에서 강연진과 신경전을 벌이고 있는 양우전을 보며 쓴웃음을 지었다.

5

백운지신 연구진은 이미 모든 준비를 갖춰놓고 있었다.

천공지체 연구진과의 교류를 위한 협의 사항을 조율하는 사흘이 지나고 나자 양우전은 내공을 7심으로 상승시키는 작업에 도전하게 되었다.

그 작업일 전날 밤.

뜻밖의 인물이 형운을 찾아왔다.

"내일은 참관 안 하신다고 들었습니다."

양우전이 찾아왔던 것이다.

"왜입니까?"

"난 천공지체 연구진이 아니니까. 연구 협력자이긴 하지만."

"……."

"도우미를 해달라는 요청도 거절했는데 가서 참관만 하는 것도 좀 그렇지. 정치적 입장이라는 게 있어서."

"이제는 수성님이시라 이거군요."

"너도 척마대 운벽성 지부장님씩이나 되는 몸이니 이제는 이런 고충을 이해할 때가 되지 않았냐?"

"……."

"그리고 넌 왜 내가 참관해 주기를 바라는 건데?"

"…누가 그런 걸 바란다는 겁니까?"

"그게 아니면 왜 여기까지 찾아와서 따지고 있냐? 설마 할 일 없어서 시비 걸러 온 건 아니겠지?"

"……."

양우전이 입술을 깨물었다. 형운이 참관하지 않는다는 소리를 듣자마자 앞뒤 가리지 않고 찾아오긴 했는데, 머리가 식고 보니 정말 웃기는 행동이었다.

'확실히 실력이 늘었군.'

진기 운행만 봐도 알 수 있었다. 양우전의 기공은 마지막으로 봤을 때보다 훨씬 수준이 높아졌다.

'백운지신의 완성도는 훌륭해. 백운단의 특성을 완벽하게 살리고 있다.'

백운단 그 자체를 접하고 그 본질을 이해했기에 백운지신에 대해서 이전보다 더 정확하게 평가할 수 있었다.

백운지신의 완성도는 흠잡을 곳이 없다. 육신 자체가 백운단의 특성을 구현하고 있다는 점에서는 천공지체보다 더 훌륭하다.

물론 이것은 백운지신 연구진이 천공지체 연구진보다 더 뛰어나서가 아니다. 천공지체는 천공단의 특성을 천공기심으로 구현하고, 나머지 부분은 그 능력을 활용할 수 있도록 만드는 데 초점이 맞춰져 있기 때문이다.

'그리고……'

후욱!

순간 양우전이 벼락처럼 운화해서 몇 걸음 떨어진 곳에 나타났다.

형운이 그를 빤히 바라보며 말했다.

"정말로 얻었군, 격공의 기를."

양우전은 등골이 오싹함을 느끼며 형운을 바라보았다. 형운은 방금 격공의 기를 발할 조짐만으로 그를 자극해서 반응을 유도했다.

운벽성 지부는 운 장로 일파가 지배하는 곳이다. 척마대 운벽성 지부 역시 마찬가지다.

하지만 그럼에도 여전히 척마대의 실권자이며, 이제는 수성이 된 형운의 영향력에서 완전히 자유로울 수는 없었다.

양우전이 실전에서 격공의 기를 썼다는 정보를 들었을 때,

형운은 놀람을 금치 못했다. 하지만 그 정보를 곧이곧대로 믿지는 않았다.

그 정보의 출처가 되는 인원들 중에는 기의 운화와 격공의 기를 명확히 구분할 수 있는 안목이 있는 이들이 없었기 때문이다. 활용하기에 따라서는 정말 구분이 안 갈 정도라서 형운은 반신반의했다.

'아직 연진이하고 오 부대주도 도달하지 못했는데……'

천공지체인 두 사람은 아직 격공의 기를 터득하지 못했다. 그런데 백운지신인 양우전은 이미 도달했을 줄이야.

'백운지신의 힘인가, 아니면 뭔가 기연이라도 있었나?'

환경을 근거로 보면 납득하기가 어렵다. 때때로 형운을 상대하고, 귀혁의 가르침을 받는 강연진 쪽이 훨씬 좋은 환경에 있었으니까.

하지만 눈앞에 결과가 있으니 인정할 수밖에 없다. 양우전은 형운의 예상을 훨씬 뛰어넘는 성장을 이루었다.

양우전이 바짝 긴장한 채로 말했다.

"…저번처럼은 안 될 겁니다."

"무슨 말인지 모르겠군. 설마 내가 너랑 한판 붙기라도 할 것 같냐?"

"……"

"좀 전에 네가 말했지. 이제는 수성님이시라고. 그 말대로

나는 이제는 너무나 비싼 몸이다. 네가 안달 낸다고 해서 붙어볼 수 있는 사람이 아니야. 네 배경이 되어주시는 장로님들이 부탁해도 안 돼."

"사부님의 말씀이라면 어떻습니까?"

"만약 사부님이 그걸 바라신다면, 하겠지. 근데 설마 너, 이제 와서 사부님 옷자락 붙잡고 그런 거 부탁할 염치가 있냐? 그 정도로 나와 붙어보고 싶다면… 그냥 사제로서 사형한테 실력 좀 봐달라고 부탁해 봐. 그러면 나도 거절하지 않으마."

형운이 코웃음을 치며 말하자 양우전이 발끈했다.

"그럴 일은 절대 없을 겁니다."

"그렇겠지. 어쨌든 내일 참관은 안 한다만, 좋은 결과 얻기를 기원하마."

"……."

"왜? 아직 할 말 남았어?"

"없습니다."

양우전은 휙 몸을 돌려서 가버렸다.

형운은 그의 뒷모습을 보며 생각에 잠겼다.

'뭔가 위화감이 있었어. 뭐 때문이지?'

양우전이 격공의 기를 알아차리고 반응했을 때, 형운은 자신을 향한 양우전의 시선에서 묘한 느낌을 받았다.

'무심하고 냉정하게 관찰하는… 그런 시선이 있었다.'

형운을 향한 양우전의 시선에는 온갖 감정이 뒤섞여 있었다. 하지만 그것과는 별개로 무서우리만치 냉정하게 형운을 살피고도 있었다.

마치 양의심공 수행자를 봤을 때와도 비슷한 느낌이다. 한 사람이 둘로 분리되어 격정과 무심함이 공존하는 모순적인 상태.

'이것도 백운지신의 특성인가?'

과거의 기억을 되새겨 보니 마지막으로 봤을 때는 그런 특성이 없었다.

하지만 그때는 아직 백운지신이 완성되기 전이다. 완성되는 과정에서 그런 특성이 더해졌다고 해도 이상할 것은 없다. 그리고 그렇다면 백운지신에 대한 평가는 더욱 높아진다.

'일월성신의 눈이나 천공지체의 기감이 얼마나 뛰어난가를 생각하면 백운지신이 그런 특성을 가질 수도 있지. 흥미롭군. 전투적인 실용성이 대단히 높은 능력이야. 백운지신이 혼자 몸이 아니라서 그런가?'

백운지신은 총단과 운벽성 지부와 연결되어 있는 존재다.

백운단을 보관하고 있는 두 시설에서는 백운지신의 상태를 실시간으로 파악할 수 있으며, 요청하는 순간 거리의 제약을 초월하여 기운을 보내줄 수 있다.

거리가 멀면 멀수록 손실률이 커지기는 하지만… 현재까지 실전에서 입증된 바로는 백운지신도 내공이 고갈될 염려가 없는 존재라고 봐도 되었다.

형운은 방금 전에도 양우전을 통해서 그 연결을 보았다.

백운지신에는 외부로 열린 통로가 존재했다. 심상계로 통하는 그 통로는 분명 백운단 보관 시설과 연결되어 있으리라.

'하지만 무인의 몸에 외부에서 원격으로 개입할 수 있는 통로가 있다는 건 영 꺼림칙하단 말이지. 조직 입장에서야 좋긴 하겠지만……'

형운은 백운지신의 그러한 특성이 마음에 들지 않았기에 더욱 천공지체 연구진이 승리하기를 바랐다.

제195장
종언(終焉)을 고하는 자들

성운을 먹는 자

1

혼란이 싹을 틔우고 마침내 꽃을 피운다.

만개한 혼란의 꽃밭을 굽어보며, 고통받는 인간을 구원하기 위해 연옥에 내려온 신의 화신이 입을 열었다.

"때가 무르익었군."

암천동맹은 거대한 재해로 화하고 있었다.

하운국 전역으로 그들의 존재가 번져가면서 국가 규모의 위협으로 인식되었다. 하운국 황실은 마교 대책반의 전략적 목적을 흑영신교 말살에서 암천동맹 말살로 바꾸고 인력을 대거 충원했다.

암천동맹은 '재해급 요괴'로 지정되었다.

그것은 황실에서 암천동맹의 본질을 파악했다는 뜻이다. 조직이 아니라 인간을 매개체로 덩치를 불려가는 요괴임을 안 것이다.

중원삼국에는 그런 존재들이 다수 기록되어 있었고, 황실은 과거의 경험을 잊어버리는 어리석음을 범하지 않았다. 황실과 협력자들은 총력을 기울여 암천동맹을 말살할 방법을 찾아낼 것이다.

"결국은 너희들이 이기겠지. 암천동맹은 강력하지만 하운국을 쓰러뜨릴 수 있을 정도는 아니야. 하지만 그런 미래는 오지 않는다."

흑영신교의 대적자들은 암천동맹을 상대하느라 전력이 완벽하게 분산되었다.

"자, 축제를 시작할 시간이다."

신의 화신은 어둠이 지배하는 성지 한복판에서 웃었다.

"신실한 자들이여, 연옥에 종언(終焉)의 막을 올리자."

2

양우전은 심호흡을 했다.

시설 바깥에서 원 장로의 목소리가 들려왔다.

―준비되었느냐?

"예. 언제든 시작하셔도 됩니다."

오늘, 그는 운신단을 복용할 것이다.

운신단을 복용하면서 동시에 백운단 보관 시설을 이용, 백운단의 기운을 지속적으로 공급받는다. 백운지신인 양우전이기에 그런 시도를 할 수 있었다.

'내공만큼은 너희들이 한발 앞섰다. 하지만 그것도 고작 한발 앞섰을 뿐이다.'

눈을 감은 채로 앉은 양우전의 감각은 바깥에서 참관하고 있는 강연진과 오연서를 포착하고 있었다.

'이제부터 시작이다. 이 교류는 내 설욕의 시간이 될 거야.'

설욕해야 할 대상은 강연진만이 아니다. 오연서에게도 갚아줄 빚이 있었다.

양우전은 자신이 천공지체 두 사람을 크게 앞섰음을 확신했다.

백운지신은 천공지체보다 대인전에서 유리한 능력을 지녔기에 같은 경지에서 싸워도 우위를 점할 자신이 있다. 하물며 격공의 기를 터득한 지금이라면 말할 것도 없다. 도중에 형운이 자신을 시험하듯 시험해 본 결과, 두 사람은 아직 격공의 기를 얻지 못했음을 확인했다.

'대사형에게도 똑똑히 알려줄 것이다.'

강연진과 오연서를 압도하는 실력을 보여준다면 형운도 자신을 다시 보게 될 것이다. 자신이 선택한 길이 옳았음을 인정할 수밖에 없으리라.

'원 장로님.'

양우전의 감각이 원세윤 장로에게로 향했다.

'늘 감사합니다. 승리로 보답하겠습니다.'

양우전은 그녀에게 한없는 감사와 존경의 마음을 품고 있었다. 쑥스러워서 그녀에게 말로 전하지는 못했지만, 그녀의 은혜에 보답하기 위해서 무엇이든 하고 싶었다.

반드시 최고가 될 것이다. 최고가 되어 원 장로가 이끄는 백운지신 연구진을 승리하게 만들고 말리라.

양우전의 머리 위에서 새하얀 구름처럼 보이는 기운이 유입되면서 시설이 진동하기 시작했다.

우우우우우우……!

그 기운을 접하는 순간, 양우전의 의식이 고차원적인 영역으로 도약했다.

3

양우전은 무한히 펼쳐진 운해(雲海) 속을 부유하고 있었다.

현실에는 있을 수 없는 광경이다. 그러나 양우전에게는 수도 없이 접해서 익숙해진 심상이기도 했다.

하지만 그렇게 익숙해졌는데도, 이 심상은 접할 때마다 더 없는 황홀감을 준다.

결코 구속되지 않는 힘. 무한히 자유롭고 무엇이든 될 수 있는 힘.

양우전은 자신이 거기에 녹아들어 가는 것을 보았다.

그리고 다시 그것이 자신에게 녹아들어 가는 것을 보았다.

'가까워지고 있다.'

양우전은 자신이 점점 백운단의 본질에 가까워져 감을 알았다.

백운지신은 이미 그 본질을 전부 담고 있다. 남은 것은 백운지신을 쓰는 자신의 기량이다.

백운지신의 모든 잠재력을 끌어낼 수 있게 된다면, 그때는 신조차도 두려워하지…….

―참으로 한결같이 오만하군.

순간, 숨이 멎는 줄만 알았다.

―우매하고 가련한 자여, 욕망에 스스로를 던진 자여.

우는 아이를 달래듯이 부드럽게 말하고 있는 목소리는 양우전이 너무나 잘 아는 목소리였다.

그것은 바로 자신의 목소리였다.

언제나 굳건한 신뢰로 귀 기울여 왔던 내면의 목소리.

―나는 너다.

양우전은 또 다른 자신과 마주했다.

끝없이 변화하는 운무 속에서 나타난 그것은 양우전과 똑같은 얼굴로, 양우전의 목소리로 말하고 있었다.

―겸허함을 알고, 위대한 신께서 내려주신 은혜에 감사할 줄 아는 너다.

'웃기지 마! 썩 꺼져라, 심마(心魔)!'

양우전은 본능적으로 그것이 예전에 자신을 괴롭히던 심마임을 알고 소리쳤다.

하지만 그것은 애처로운 발버둥에 불과했다. 인정하고 싶지 않은 절망이 그를 집어삼키고 있었기 때문이다.

―신이 내린 영감조차도 스스로의 재능이라 여기는 오만

함이라니. 이제 겸허함을 모른 대가를 치를 시간이야.

한때 그것은 양우전을 비웃고 공격하는 목소리였다.

그러나 어느 순간부터 그가 믿어 의심치 않는, 언제나 올바른 답으로 그를 영광으로 이끌어주는 내면의 목소리가 되었다.

—불쌍한 놈. 너도 사실은 알고 있었잖아?

때때로 양우전은 내면의 목소리가 마치 위대한 존재가 자신에게 지혜를 속삭여 주는 듯하다고 느꼈다.

그 목소리에 귀 기울임으로써 그는 노력하는 것만으로는 할 수 없었던 것들을 할 수 있게 되고, 탐구하는 것만으로는 알 수 없었던 것들을 알게 되었다.

그 목소리는 너무나 교묘했다. 스스로의 마음이 아닌 다른 누군가의 목소리라고는 생각할 수도 없었다.

그렇기에 의심의 여지 없이 믿었다. 이것이 자신의 재능이 눈뜬 결과라고.

—네게 그런 재능 따위는 없었어.

'웃기지 마…….'

─네가 스스로의 재능이라고 믿고 싶어 했던 것은 모두 위대한 신께서 내려주신 선물이었을 뿐이야.

'웃기지 말라고 했잖아! 닥쳐!'

양우전이 절규하며 달려들었다. 그리고 동시에 깨달았다.

팍!

심상의 세계 속에서 그의 육체가 구현되어 있었다. 그것이 너무나 선명한 감촉과 함께 또 다른 그의 손에 잡혔다.

"그렇지. 넌 이런 걸 좋아했지."

꿈속의 소리처럼 의념으로 울려 퍼지던 또 다른 그의 목소리가 선명하게 귓전을 울렸다.

"웃기는 쪽이 어느 쪽인지 확인해 볼까? 재능이 넘친다고 믿는 양우전과 신의 은혜에 감사하는 양우전 둘 중 어느 쪽이 옳은지."

이죽거리는 웃음과 함께 상대가 한 줄기 운무로 화했다.

퍼억!

"커억……!"

심마가 운화 감극도로 양우전의 방어를 뚫고 복부에 일권

을 먹였다. 그가 주춤거리며 물러나는 양우전에게 오만하게
손가락을 까딱하며 말했다.

"덤벼. 그 넘치는 재능을 보여줘 봐."

"죽여 버리겠어……."

양우전이 살기등등하게 심마를 쏘아보았다. 하지만 심마
는 피식 웃는 것으로 도발할 따름이었다.

"죽여 버리겠어!"

양우전이 운화로 거리를 좁히며 뛰어들었다.

퍽!

다음 순간, 양우전의 공격에 비스듬히 겹치는 일격이 방어
를 뚫고 가슴팍을 쳤다. 양우전은 곧바로 운화해서 위치를 바
꾸면서 연격을 날렸지만…….

빠악!

소나기 같은 연격을 죄다 흘려 버린 심마의 발차기가 허벅
지를 쳤다. 뒤이어 섬전처럼 이어지는 공격을 양우전이 막아
낸다. 정신을 못 차리는 상황에서도 무심반사경이 모든 공격
을 차단하고 활로를 뚫는다.

그러나…….

쾅!

심마는 허허실실(虛虛實實)의 움직임으로 무심반사경을 모
조리 소모시키고, 양우전의 움직임이 둔해지는 순간 격공의

기를 찔러 넣었다.

"봤지? 이게 네가 재능이라 믿던 힘이다."

당해낼 수가 없다. 마치 고수가 하수를 데리고 노는 듯한 현격한 실력 차이다.

동시에 양우전은 실감하고 있었다.

자신과 심마의 힘은 같다. 현시점에서의 백운지신 그 자체다.

다만 주어진 것을 다루는 기량에서 월등한 격차가 날 뿐이다.

"늘 옆에 있던 답안지가 사라진 기분은 어때? 답안지를 보고 문제지에 써넣기만 할 때는 좋았지?"

마음을 칼로 찌르고 헤집어대는 것 같은 조롱이었다.

양우전은 살의를 불태우며 달려들었지만 결과는 같다. 속도도, 힘도, 내공도, 백운지신의 능력마저도 다 똑같은데…….

쩌억!

한 대도 때리지 못하고 얻어맞는다.

콱!

철저하게 농락당한다.

퍼퍼퍼퍽!

일격 일격이 그의 미숙함을 뼈저리게 깨닫게 만드는 형태로 꽂힌다.

"넌 남이 준 답안지를 베껴서 얻은 점수를 스스로의 실력으로 착각하고 있었을 뿐이야."

조롱당할 때마다 양우전의 뇌리에서 원치 않는 기억이 재생되었다. 별것 아니라고 생각했던 사소한, 하지만 사실은 전부 이 상황을 암시하는 조짐이었던 일들에 대한 기억이.

그때도 그랬다. 흑면권귀를 쓰러뜨린 그날, 백운단과 연결되었을 때 누군가 자신을 보는 기분이 들었다.

돌이켜 보면 그날 이후로 모든 것이 변했다. 그때부터 의심했어야 했는데……

'심마가 사라진 게 아니었어.'

보다 교묘하게 위장했을 뿐이다.

양우전 자신의 마음인 것처럼 꾸미고, 자신이 갈구하는 말을 해주면서 존재감을 키우고 있었다.

양우전이 믿으면 믿을수록, 의존하면 의존할수록 그 존재는 강력해졌다. 마음에 기생하는 실체 없는 마(魔)는 백운지신 연구진의 검사로도 잡아낼 수 없었고, 그렇게 양우전의 내면을 낱낱이 분석하면서 때가 오기를 기다리고 있었다.

"인정해라. 너는 주제 파악 못 하는 멍청이였을 뿐이야. 남의 도움을 자신의 힘으로 착각하고! 신의 은혜를 자신의 재능으로 착각하고!"

"아니야! 나는… 나는 노력했어!"

한순간도 게을리 살지 않았다. 피땀 흘려가며 노력했다!

다른 모든 것을 부정할지라도 그 노력만큼은 부정당할 수 없었다!

"그게 무슨 의미가 있지? 노력하면 무조건 좋은 결과가 나오던가? 노력이 면죄부라고 생각하냐? 설마 너보다 못한 사람들이 다 너보다 노력을 안 했겠어? 호용아가 너보다 재능이 모자랄까, 노력을 안 했을까?"

"……!"

숨이 턱 막혔다.

알고 있다. 호용아가 얼마나 재능 넘치고 노력하는 사람인지. 그럼에도 그녀가 처한 환경의 한계 때문에 절망해야만 했다는 것까지도.

"네 스승도 말했지. 노력의 본질조차 의심해야 한다고. 넌 그러지 않았어."

"아니야……."

"역시 난 재능이 있었어. 난 노력하면 되는 놈이야. 난 틀리지 않았어……. 와, 어쩌면 이렇게 멍청할 수 있는지 감탄스럽군!"

"아니야아아아아!"

양우전이 절규하며 주먹을 내질렀다. 하지만 간단히 막힌다.

심마는 반격하지 않았다. 양우전은 뒤이어 수도 없는 단련으로 몸에 새긴 무공을 펼쳐내기 시작했다. 그러자 심마의 비웃음이 더욱 짙어졌다.

"그건 이렇게 했어야지."

마치 가르침을 주는 스승처럼, 그의 공격에서 잘못된 점을 행동으로 깨닫게 만들고는 올바른 형태로 때려 넣는다.

"이건 정직하게 찌르는 게 아니야. 그리고 싶으면 이렇게 방어를 유도한 후에 감극을 노리는 게 기본이잖아? 기본도 안 되어 있군, 정말."

일격 일격이 육체를 뒤흔들고, 정신을 너덜너덜하게 만들었다.

그럴 때마다 양우전은 어쩔 수 없이 깨닫게 된다.

이것이 자신이 의지했던 존재였다는 것을.

자신의 얼굴을 하고 자신의 목소리로 자신을 비웃는 저 존재야말로, 언제나 올바른 답을 알려주던 내면의 목소리가 체현된 존재라는 것을!

"아아아아아악!"

양우전은 절망의 수렁으로 빠져들어 갔다.

4

'뭔가 잘못되었다.'

양우전의 운신단 복용이 시작되고 얼마 지나지 않아서 모두가 그 사실을 알아차렸다.

쿠구구구궁……!

"반동이 계속 커집니다!"

"도우미들의 부담이 위험 수준까지 올라가고 있습니다!"

시설의 진동이 벽을 넘어서 연구실까지 전해지고 있었다. 붕괴하지 않을까 하는 두려움을 불러일으키는 진동이었다.

이 시설은 운벽성 지부에서는 가장 크고 튼튼한 곳이다. 하지만 성도의 탑의 시설들보다는 못했다.

안쪽의 도우미들은 양우전으로부터 비롯되는 반동으로 내상을 입고 있었다. 하지만 시설 내부에 흐르는 기의 압력이 한계치까지 높아져서 예비 인력과 교체조차 할 수 없는 상황이다.

"시설의 진기 흡수력을 최대치까지 높여!"

예상치 못한 상황에 원 장로는 빠르게 지시를 내리고는 질문을 던졌다.

"양우전의 상태는?"

"괜찮습니다. 운화와 육화를 반복하면서 압력을 흘려 버리고 있습니다. 하지만 그래서 시설 내부의 압력이 더 위험 상황으로 치닫는 중입니다."

정작 양우전은 마치 아침 안개가 흐르듯 운화와 육화를 반복하면서 압력을 흘려 버리고 있었다.

본인의 의지인지 아니면 무의식중인지는 알 수 없다. 시설 내부와 소통이 불가능한 상황이었기 때문이다. 하지만 어느 쪽이든 양우전의 행동이 최악이라는 것만은 분명했다.

'우전아! 왜?'

스스로의 내공을 높이기 위해 양우전은 운신단의 기운을 안으로 갈무리해야 했다. 그런데 지금 그의 행동은 갈무리를 포기하고 모든 기운을 외부로 가속해서 뿜어내고 있는 것이다. 그것도 백운단의 기운까지 끌어들여 가면서!

"백운단의 기운 공급을 차단해! 왜 계속 놔두는 건가?"

"아, 안 됩니다."

"뭐?"

"이미 기관 장치에 차단 명령을 내렸습니다. 명령을 내린 시점에서 분명히 차단이 되었는데… 그런데 양우전에게 계속해서 기운이 흘러들어 갑니다."

"어떻게 그럴 수가?"

원 장로가 경악했다. 있을 수 없는 일이다. 시설이 고장 난 것도 아니고 제대로 기능하고 있는데 차단이 되지 않는다고? 어떻게 그럴 수가 있단 말인가?

원 장로는 곧바로 연구원을 제치고 통제용 기물의 상태를 살펴보았다. 빠르게 상태를 점검해 본 그녀가 신음했다.

"맙소사……."

"어떻게 된 일인가?"

그때 차분한 질문이 들려왔다. 원 장로는 침을 꿀꺽 삼키고는 질문을 던진 사람, 운 장로를 바라보았다.

"…운화입니다."

"시설의 차단과는 상관없이 양우전과 백운단의 연결이 살아 있고, 운화로 공간을 뛰어넘어서 기운이 공급되고 있단 말인가?"

운 장로는 한마디 대답만으로도 상황을 이해했다. 원 장로가 고개를 끄덕였다.

"그렇습니다."

"상정했던 상황인가?"

"아닙니다. 500회 이상, 상황을 바꿔가면서 실험해 봤을 때는 불가능하다는 결론이 나왔습니다."

백운지신 연구진은 백운단의 통제권이 시설 측에 있다는 것을 확신했다. 백운지신이 원해도 시설 측에서 허가하지 않으면 백운단의 힘을 가져올 수 없다. 그 확신을 얻기 위해서 수도 없이 실험을 거쳤던 것이다.

그런데 지금, 그 실험 결과를 전면 부정하는 사태가 벌어지고 있었다.

쿠구구구궁……!

시설 내부의 압력이 점점 커지기 시작했다.

연구원들이 혼란에 빠져 비명을 지르는 가운데, 필사적으로 냉정을 유지한 채 생각을 계속하던 원 장로가 운 장로에게 말했다.

"운 장로님, 피신해 주십시오."

"수습 불가능 하다고 보는가?"

"예, 시설은 포기하고 피해를 최소화해야 합니다."

"최소화라 함은?"

"인명 피해를 최소한으로 줄이겠습니다. 그리고……."

이미 시설 내부와의 통신이 끊겼다. 기물들이 종이 위에 계속해서 써내는 수치와 용어만으로 상황을 가늠해야만 했다.

"우전이를 구해보겠습니다."

시설을 제어하는 기물을 붙잡은 원 장로가 연구원들에게 명령했다.

"최대한 빠르게 수성에게 연락해서 도움을 요청해! 그리고 전원 피신한다! 탑에 있는 모든 사람을 피신시키고, 주변 인원도 대피시켜!"

콰직……!

그녀가 빠르게 지시를 내렸을 때였다.

연구실 벽에 균열이 발생했다. 그것을 본 원 장로의 안색이 창백해졌다.

"모두 나가! 빨리!"

시설 내부 압력이 진정한 의미에서 한계치를 넘었다. 벽이 부서지기 시작했다면 내부 상황은 안 봐도 뻔하다. 이미 도우미들을 구하기에는 늦었다.

연구원들이 비명을 지르며 피신하는 가운데, 원 장로가 제어용 기물을 정신없이 조작하기 시작했다. 그녀는 연구원 누구보다도 시설에 대한 이해도가 높다. 지금 상황을 해결할 만한 방법을 떠올리고 있었다.

그것을 본 운 장로가 외쳤다.

"원 장로, 이미 늦었네."

"아닙니다. 아직은……."

"정신 차리게! 자네가 판단력을 잃으면 어쩌자는 건가!"

"……."

"일은 이미 터졌네! 이제부터는 수습하고, 책임을 져야 할 시간일세! 쓸데없이 목숨을 버려서는 안 돼!"

운 장로의 호통에 원 장로의 표정이 일그러졌다.

콰지직……!

그리고 벽의 균열이 위험한 수준까지 번져갔다. 원 장로와 운 장로의 표정이 굳는 순간이었다.

꽈과과과광!

벽이 폭발하면서 두 사람을 덮쳤다.

5

쿠콰아아아아앙……!

폭음이 운벽성 지부를 뒤흔들었다. 운벽성 지부만이 아니
라 천모의 모든 사람이 놀라서 밖으로 뛰쳐나왔다.

그리고 그들은 보았다.

백운단 보관 시설, 천모의 그 어떤 건물보다도 높다란 탑의
상층부가 터져 나가면서 그 위쪽으로 거대한 운무가 피어오
르는 것을.

연기가 아니었다. 구름으로밖에 보이지 않는 거대한 덩어
리가 꿈틀거리면서 확장되고 있었다. 그 확장은 느릿느릿했
지만 멈출 줄 모르고 계속되었다.

"백운단?"

가려와 함께 천모의 거리를 구경하던 형운이 경악했다.

저 탑에 보관된 백운단은 한 개가 아니다. 백운지신 연구를
위해서 지속적으로 백운단이 운송되어 왔고, 최근에는 풍성
이 네 개를 추가로 가져왔다고 했다.

저 탑은 안정된 백운단을 보관하는 동시에, 제약을 풀고 해
방된 백운단의 기운을 보관하는 역할도 했다. 그렇게 보관한

기운을 필요할 때마다 나눠서 백운지신에게 공급해 주는 것이다.

하지만 지금 그 시설에 보관되어 있던 백운단이 폭주하기 시작했고…….

'아.'

형운은 그것이 우연한 사고가 아님을 알 수 있었다.

"왜 그러십니까?"

멍청하니 탑의 재난을 바라보고 있는 형운에게 가려가 물었다.

그 말에 퍼뜩 정신을 차린 형운이 표정을 굳혔다.

"…흑영신교 놈들이에요."

"네?"

"흑영신교 놈들이 벌인 일입니다. 구체적으로 무엇을 노린 것인지는 모르겠지만……."

백운단을 노린 것인지, 아니면 백운지신인 양우전을 노린 것인지, 그것 말고 다른 의도가 있는 것인지는 알 수 없다.

하지만 흑영신교가 벌인 짓이라는 것만은 분명했다.

왜냐하면 인과의 실이 이어지고 있었으니까.

한 인간이 자아낸, 신조차도 벗어날 수 없는 운명이 기지개를 켰다. 환예마존 이현이 낙성산 전투에서 조작해 둔 시공간의 형태가 다시 한 번 형운에게 손짓하고 있었다.

형운이 언제나 고대하며 준비해 온 순간이었다.

흑영신교가 마침내 치명적인 허점을 드러내었다. 형운이 운명의 방아쇠를 당기는 순간, 그들의 성지는 광세천교의 성지가 맞이했던 것과 동일한 재앙을 맞이하게 되리라.

'흑영신교, 오늘이 네놈들의 신화가 끝나는 날이다.'

형운은 기적이 발현되기까지 시간이 필요함을 알았다. 그리고 이번 기적을 발현하기 위한 힘이 어디서 오는지도.

'총단!'

광세천교의 최후 때는 윤극성의 힘을 이용했다.

그리고 이번에는 총단의 힘이 거대한 이적을 일으키기 위한 연료로 제공되고 있었다. 이곳과 총단의 물리적 거리는 문제가 되지 않는다. 모든 것은 시공간을 초월하여 인과의 실로 연결되어 있었으니까.

핵심은 형운이다. 흑영신교의 성지와 직접적으로 연결된 지점에 형운이 발을 들여놓는 순간, 이현의 안배가 발동하고 그를 중심으로 약속된 신화의 종언이 구현되기 시작했다.

"누나, 지부로 돌아가서 사람들을 피난시키고 만약의 사태에 대비해요."

"…형운, 어쩔 셈입니까?"

둘만 있는 자리였기에 가려는 형운의 이름을 불렀다. 연인의 이름을 부르는 달콤함은 조금도 느껴지지 않았지만 형운은 자기도 모르게 미소를 짓고 말았다.

"먼저 가서 저 사태를 수습하겠어요. 그리고… 수습이 되는 대로 놈들의 성지를 치도록 하죠."

"지금이었습니까?"

가려는 광세천교 파멸 때도 참전했었고, 형운에게 언젠가 이날이 올 것임을 듣고 언제나 마음이 녹슬지 않도록 준비해 왔다. 그렇기에 형운의 목소리에 어째서 분노 말고 희열이 섞여 있는지를 이해할 수 있었다.

"예, 오늘이에요. 오늘 모든 것이 끝날 거예요."

"정말로… 그런 순간이 온 거군요."

가려가 믿을 수 없다는 듯 중얼거렸다. 이미 광세천교를 통해 한번 겪었던 일이다. 그런데도 좀처럼 현실감이 느껴지지 않았다.

"그 전에 일단 저 문제부터 해결해야겠죠. 준비하고 기다리세요."

"형운."

떠나려는 형운의 손을 가려가 붙잡았다. 그녀가 형운의 눈을 똑바로 바라보면서 말했다.

"조심하십시오."

"누나도요."

형운은 그 말을 끝으로 한 줄기 흰 운무가 되어 사라졌다.

운화로 수백 장을 뛰어넘어서 지부로 향한 것이다.

홀로 남겨진 가려는 결연한 표정으로 그 뒤를 따라 달리기 시작했다.

6

천모 시내를 걷던 형운이 운벽성 지부로 돌아오기까지는 한순간이었다.

운벽성 지부는 이미 난장판이 되어 있었다. 이 순간에도 탑과 그 주변 건물에서 사람들이 허겁지겁 탈출하고 있었다.

쿠르릉……!

"안 돼!"

"피해!"

부서진 탑의 상층부 파편이 떨어져 내리는 것을 본 사람들이 비명을 질렀다. 그 아래쪽에는 아직 사람들이 피신 중이었기 때문이다.

하지만 그 파편들은 지상까지 떨어져 내리지 못하고 거짓말처럼 허공에 멈춰 버렸다.

대경했던 사람들은 곧 누군가 술법이나 허공섭물로 그 파편들을 붙잡았음을 알아차렸다.

"멀뚱히 보고 있지 말고 빨리 도망쳐! 노약자와 부상자를 업고 뛰어!"

급하게 허공섭물을 펼쳐서 파편들을 멈춘 형운이 외쳤다. 진기를 실어 외쳤기에 굉음 속에서도 쩌렁쩌렁하게 울려 퍼졌다.

쿠과아앙!

사람이 없는 곳에 파편들을 처박은 형운이 지휘자로 보이는 이를 붙잡고 물었다.

"상황을 보고해라."

"아, 수성님! 운 장로님께서 기다리고 계십니다!"

"운 장로님은 무사하신가?"

"예, 안내하겠습니다."

형운은 그의 뒤를 따라서 운 장로가 있는 곳으로 향했다. 실무진들에게 둘러싸인 운 장로와 원 장로가 보였다.

"왔군, 수성. 빨리 연락이 닿아서 다행일세."

"장로님들, 무사하셔서 다행입니다."

반색하는 운 장로에게 형운이 말했다. 빈말이 아니라 진심으로 안도하는 기색이 담겨 있는 말에 운 장로가 피식 웃었다.

"자네가 나를 그렇게 걱정해 줄 줄은 몰랐는데."

"걱정하면 안 됩니까?"

"고맙다는 말일세. 꼭 늙은이를 쑥스럽게 만들어야겠는가?"

"……."

"농담은 이쯤 하지. 죽을 뻔했는데 이 둘 덕분에 살았다네."

운 장로의 시선이 강연진과 오연서에게 닿았다.

연구실 벽이 폭발하는 순간, 강연진과 오연서가 두 사람 앞을 가로막고 호신장막을 펼쳤다. 덕분에 두 장로만이 아니라 그들을 보호할 책임 때문에 마지막까지 남아 있던 사람들까지도 목숨을 건질 수 있었다.

이야기를 들은 형운이 감탄했다.

"잘했다, 연진아. 오 부대주도."

"할 일을 했을 뿐입니다."

강연진이 겸양했고, 오연서가 부끄러운 듯 몸을 배배 꼬았다.

형운이 운 장로에게 말했다.

"현재 파악된 정보를 말씀해 주십시오."

"양우전을 기점으로 백운단이 폭주하기 시작했네. 바깥에서 관측한 바로는… 시설에 보관되어 있던 모든 백운단이 해방되기 시작한 것으로 보이네. 현재까지는 비교적 기세가 약하지만 만약 기세가 붙기 시작한다면……."

쿠과과과광……!

운 장로가 말을 마치기도 전에 천지를 뒤흔드는 굉음이 울려 퍼졌다. 탑의 상층부가 터져 나가면서 새하얀 운무가 엄청난 기세로 폭출되고 있었다.

"젠장!"

형운이 곧바로 반응했다. 허공에서 두 자루의 얼음검을 만들어내더니 연달아 심검(心劍)을 펼쳤다.

─유설무극검(流雪無極劍)!

두 줄기 섬광이 터져 나간 탑의 상층부를 가르고 지나갔다. 그리고 그 궤적으로부터 발생한 한기가 소용돌이치며 터져 나가던 파편들을 얼려 버린다.

그리고 얼음여우들이 나타나 춤추기 시작했다. 한순간에 수십 마리로 불어난 얼음여우들이 탑 주변에 거대한 얼음의 고리를 만들고 모든 파편을 거기에 묶어놓았다.

콰자자작!

하지만 폭주하는 백운단의 기운만큼은 붙잡아놓을 수 없었다. 잠시 얼어붙었을 뿐, 금세 얼음을 깨면서 분출된다.

그 광경을 본 사람들은 벌린 입을 다물 줄 몰랐다. 탑에서 일어나는 일도 놀랍지만 피해를 막기 위해 형운이 하는 일도 너무나 놀랍지 않은가?

형운이 진기를 실어 외쳤다.

"전원 지부 밖으로 대피해! 노약자들과 부상자들을 우선한다! 술사들은 결계 술사들을 중심으로 재배치! 탑을 중심으로

지부를 결계로 감싸서 외부와 차단하는 작업에 들어간다! 내가 시간을 버는 동안 서둘러!'

수많은 실전 경험을 가진 형운은 빠르게 상황을 판단했다. 그의 지시에 우왕좌왕하던 이들이 퍼뜩 정신을 차리고 움직이기 시작했다.

"기공사들을 준비시키는 게 좋겠나?"

운 장로의 물음에 형운이 그를 빤히 바라보았다.

척 봐도 형운이 하는 일이 어마어마한 진기를 소모할 테니 기공사들로 하여금 진기 소모를 보충해 주겠다는 소리였다. 현명한 조치였지만, 형운은 운 장로의 시선에 섞인 어떤 확신을 읽고 고개를 저었다.

"필요 없습니다. 전원 대피시키십시오."

"역시 그런가. 알겠네."

형운은 장로회에도 많은 것을 감추었다. 장로들 중에서는 이 장로가 형운에 대해서 가장 많이 알고 있었지만 그조차도 모든 것을 알지는 못한다.

하지만 운 장로는 그동안 드러난 것들을 취합하는 것만으로도 형운의 능력을 어림잡고 있었다.

'어쩌면… 무인의 한계로 일컬어지는 모든 벽을 뛰어넘었겠지.'

형운이 연달아 얼음검으로 심검을 펼쳤다. 폭발의 충격으로 붕괴하는 탑의 피해를 최소화하기 위해 일곱 번이나 심검을 펼치고, 그로부터 발생한 한기를 광범위하게 제어하는 모습은 이미 인간으로 보이지 않을 정도였다. 과연 운벽성 지부의 모든 기환술사를 한데 모은들 저만큼 할 수 있을까?

실제로 결계 작업을 준비하는 기환술사들은 다들 괴물을 보는 눈으로 형운을 보고 있었다. 차라리 형운이 기환술사라면 이해하겠다. 하지만 무인이 저런 힘을 다룬다는 점은 그들에게 공포마저 느끼게 만들었다.

'잡아먹히고 있어.'

하지만 형운은 자신을 향한 시선 따위는 신경도 쓰지 않았다. 탑의 상황을 파악하는 데 온 정신을 기울이고 있었기 때문이다.

'백운단의 기운이, 탑 내부를 타고 아래로 내려가고 있다.'

탑 내부가 백운단의 기운에 잠식당하고 있다. 한 가지 이상한 것은 위쪽으로 분출되는 기세는 마치 산불이 번져가듯 맹렬한 데 비해 아래쪽으로 내려가는 기세는 아주 느릿느릿하다는 것이다.

마치 가벼운 물체가 물에 빠졌을 때를 보는 것 같다. 부력으로 위로 떠오르는 것이 당연해서 아래로 내려가는 것이 힘겨운.

형운이 이 사실을 전하자 원 장로가 벌떡 일어났다.

"안 돼! 시간이 없어!"

"왜입니까?"

"수성! 호위를 부탁하네! 지금 당장 탑의 지하로 가야 하네!"

"진정하십시오. 왜 그러십니까? 설명을 부탁드립니다."

그 말에 원 장로가 손가락을 깨물었다. 평소 감정을 드러내는 법이 거의 없는 그녀였지만 지금은 자제력을 유지하기 힘들 정도로 심한 압박감을 느끼고 있었다.

하지만 그녀는 이런 상황에서도 냉정함을 무너뜨리지 않고 설명했다.

"저 탑은 성도의 탑을 모방해서 만들어졌네. 위기 상황에 대한 대응책도 똑같이 준비되었지."

백운단 관리 시설은 수천 번 이상의 실험을 통해서 안정성에 대한 확신을 얻었다. 그럼에도 만약의 사태를 대비한 안전 대책을 준비하는 것도 게을리하지 않았다.

상층부의 제어 시설은 폭주가 시작된 시점에서 다 날아가 버렸다. 하지만 탑 지하에 있는 긴급 제어 시설은 아직 건재했다.

형운이 물었다.

"하지만 사태가 이 정도에 달했는데도 긴급 제어 시설이 의미가 있겠습니까?"

"있네. 긴급 제어 시설에는 세 가지 대술법이 비장되어 있으니까. 그걸 발동시키면 지부에 저축된 모든 기운을 써서 사태를 봉합할 수 있을 걸세."

"그렇군요. 하지만 지금 들어가는 것은 안 됩니다."

"왜……? 아니, 자네라도 지금 상태를 지속하면서 호위하는 건 힘들겠군. 그럼 다른 사람은……."

형운은 탑 주변을 거대한 얼음고리로 감싸고 파편들을 족족 그 일부로 흡수하면서 거대한 벽을 만들어내고 있었다. 이런 어마어마한 작업을 수행하면서 대화를 나누는 것만으로도 놀라운데 호위를 바라는 것은 무리이리라.

'수성이 움직일 수 없다면 당장 무인들과 기환술사들로 호위조를 짜야 한다.'

원 장로가 진땀을 흘리면서 머리를 회전시켰다. 탑 안은 일반인은 생존할 수 없는 환경이 되어가고 있을 것이다. 저 안으로 진입해서 긴급 제어 시설을 확보하려면 무인과 술사의 조합이 필요했다.

하지만 형운이 고개를 저었다.

"그게 아닙니다."

"무슨 뜻인가?"

"지금 이 사태는 누군가의 잘못이 아니라 흑영……."

쿠르르릉!

형운이 설명을 마치기 전, 다시금 상층부에서 폭발이 일어나면서 무시할 수 없는 변화가 일어났다.

7

신의 화신은 세상을 굽어보았다.

인간으로서의 그는 지상에 있다. 신으로서의 그는 아득한 하늘에 있다.

인간과 신의 경계가 점점 흐릿해져 간다. 대해처럼 거대한 혼돈이 인간인 그를 집어삼키려고 하고 있었다.

그럼에도 인간이어야 한다.

인간의 힘으로 신의 권능을 휘두르는 자여야만 한다.

신화시대가 끝나고 현계의 운명이 현계의 존재들에게 주어진 이 시대, 신들에게 있어서 현계란 깊숙한 바닷속과도 같다. 신들은 천지를 경동시키는 권능이 있지만 현계에서는 땅에 발 디디는 것조차 힘든 존재들이다.

그렇기에 그들은 인간을 필요로 한다.

그들에게 있어서 인간은 심해(深海) 바닥의 일을 알려주는 눈이며, 자신의 뜻을 전해 받고 일하는 또 다른 수족과 같다. 또한 망망대해 위에서 자신이 굽어살펴야 할 곳을 잊지 않도록 해주는 닻이기도 하다.

중원삼국의 황실을 가호하는 운룡, 진조, 풍혼아가 그토록 강한 영향력을 지니는 것은 인류의 대변자로 인정받은 영웅들과 맹약을 맺었기 때문이다.

그들이 바로 중원삼국의 시조였다. 천 년이 지나도 퇴색하지 않은 맹약으로 인간과 묶여 있기에 삼신족은 현계에 가장 강대한 영향력을 갖고 있었다.

'나는 종언을 고하는 자.'

그렇기에 신의 화신은 인간이어야만 했다. 인간의 운명을 가진 채로 신의 힘을 휘두르는 자여야만 천계의 존재들이 개입하는 것을 차단하면서 세상을 바꿀 수 있었다.

위대한 신의 화신, 흑영신교주.

그는 신의 눈으로 세상을 굽어보았다.

아름다운 세상이었다. 그러나 아름다운 만큼 잔혹하고 끔찍한 세상이기도 했다.

신의 눈이 인간들을 본다.

연옥의 허상에 미혹된 불쌍한 인간들 속에서 진리를 추구하는 신실한 자들을 본다.

—위대한 신이시여, 준비되었나이다.

이 순간, 지상의 모든 흑영신교도가 하늘을 올려다보았다.

―언제든 명하소서.

　신의 화신은 온갖 감정을 느끼며 그들의 시선을 마주한다.
그리고 마침내 고개를 끄덕였다.

　동시에 모든 흑영신교도의 뇌리에 벼락이 치듯 최후의 계
시가 내렸다.

　빛으로 이루어진 세상 속에서 어둠이 일어난다.

　신실한 자들의 목숨이 일제히 꺼져갔다. 눈 깜짝할 사이였
다. 일백이 죽고, 일천이 죽고, 일만이 죽고……

　그들의 영혼이 발한 어둠을 받아들이며 흑영신교주는 본
다.

　그 희생은 균질하지 않다. 왜냐하면 흑영신교도들은 그저
자신의 목숨을 희생하는 것으로 만족하지 않았기 때문이다.
그들은 자기 옆에 있는 한 사람이라도 죽여 제물로 바치는 길
을 택했다.

　신실한 자들의 존귀한 희생은 순수한 어둠을 자아냈으되,
그들이 공덕을 쌓을 기회를 주고자 죽음을 내린 가련한 영혼
들이 자아낸 어둠은 혼탁하다.

　그러나 그 또한 좋으리라. 순수함 속에 미혹된 자들의 혼탁
한 어둠이 섞여 있어도 나쁠 것은 없다.

　이 순간에도 죽음이 계속된다.

산간 지방의 마을이 통째로 몰살당한다. 시설의 고아들이 죽어나간다. 흑도인들이 죽는다. 산적들이 죽는다. 수적들이 죽는다. 상단원들이 죽는다. 관부의 인간들이 죽는다.

죽는다. 죽는다. 죽는다. 죽는다. 죽는다……

그리고 그들을 죽여 제물로 바친 흑영신교도들 또한 자결하여 뒤를 따른다.

누군가의 이웃이었던 자가 죽는다. 동료였던 자가 죽는다. 상사였던 자가 죽는다. 부하였던 자가 죽는다. 선생이었던 자가 죽는다. 제자였던 자가 죽는다. 연인이었던 자가 죽는다. 아비였던 자가 죽는다. 어미였던 자가 죽는다. 자식이었던 자가 죽는다. 형제였던 자가 죽는다.

죽고, 죽고, 죽고… 끊임없이 죽는다.

그들의 영혼이 어둠을 발한다. 사악하고 아름다운 빛을 꺼뜨리는 숭고한 어둠이 신의 화신에게로 귀결되었다.

이제 거대한 충격이 퍼져 나갈 것이다. 아무런 조짐도 없이 느닷없이 일어난 수많은 죽음이 세상 전체를 뒤흔들 터. 신실한 자들과 그들의 손에 죽은 불신자들을 합쳐 17만 2,672명에 달하는 죽음은 그러기에 충분하다.

하지만 상관없다.

이제 내일은 오지 않는다.

그러니 더 이상 아무것도 걱정하지 않아도 된다. 신실한 자들이 숨죽여 살아갈 필요 없는 세상이 온다. 비록 신실한 자들은 모두 죽어 흑암정토의 문 앞에 섰으나, 그로 인해 연옥의 모든 죄인이 신실함을 배우게 되리라.

"들으라, 신실한 자들이여."

그들의 희생은 대가였다. 신이 현계에 구원의 기적을 행사하기 위한.

"내일은 없다."

흑영신교주가 신의 뜻을 고했다.

"오늘만이 있으리라. 천 년이 지나고, 만 년이 지나고, 억만 년이 되풀이된 다음에도 내일은 없으리라."

오늘 밤, 모든 것이 끝난다. 최후의 낙일이 끝나고 밤이 도래하면 그것은 영원한 밤의 시작이리라. 태양은 다시는 그 모습을 뽐내지 못할 것이며 현계의 모든 존재는 빛이 비추는 세상을 잃는다.

─암천동맹이여.

신령한 권능을 두른 흑영신교주의 의지는 시공을 초월했다. 그는 자신이 만들어낸 거대한 혼돈에게 말을 걸었다.

암천동맹은 통제되지 않는다. 하지만 그렇다고 해서 그들을 뜻대로 움직이는 것이 불가능하다는 뜻은 아니었다. '그것'은 정보를 주고 대가를 약속하면 특정한 의도를 수행해주었다.

인간들은 암천동맹의 구성원 개개인만을 본다. 하지만 흑영신교주는 그들을 하나로 묶는 거대한 존재, 영적으로 존재하는 요괴의 존재를 인식했다.

─광세천의 찌꺼기들과 거래한 것을 알고 있다.

'……'

그것이 광세천교의 잔당이 암천동맹과 섞여서 형운과 접촉할 수 있었던 이유였다. 그들이 할 수 있는 일은 고작 그 정도였다.

─상관하지 않는다. 새로운 거래를 제안하지.

흑영신교주는 자신이 두른 신령한 어둠 일부를 뭉친 덩어리 두 개를 '그것'의 앞에 두었다.

─하나는 네가 일을 수행할 힘을 줄 것이다. 가는 길을 열어줄 테니 네 모든 것을 다해 내가 바라는 곳을 쳐라. 그러면 이 남은 하나는 네 것이다.

파멸한 요괴의 잔재로서는 거부할 수 없는 유혹이었다. '그것'은 흑영신교주가 제안한 거래를 받아들이고 행동에 나섰다.

신령한 어둠의 조각을 받아들인 암천동맹은 일시적으로 모든 구성원에게 어마어마한 활력을 전달했다. 이성이 마비될 정도의 광기가 번져 나가고, 하운국 각지의 마인들이 뭉쳐서 별의 수호자의 주요 사업을 관장하는 지부를 강타했다.

폭도처럼 성벽을 넘어서 돌진하는 그들의 모습은 오랫동안 계속되던 상식의 세계가 파탄 나고 있음을 상징하는 것 같았다. 그 상황을 확인한 흑영신교주는 눈을 떴다.

"자, 가자."

그는 혼자가 아니었다. 존귀한 사도들이 그의 곁에 함께하고 있었다.

최후의 운명으로 향하는 흑영신교주의 뒤를 만마박사와 흑운령, 대마수 암익신조와 심안호창이 따랐다.

종언이 시작되었다.

제196장
스승의 의무

성운을
먹는자

1

별의 수호자는 비상이 걸렸다.

각지에서 총단으로 구원 요청이 날아들기 시작했다.

"진해성 본성의 지부에 암천동맹 습격! 마인의 수만 200명 이상! 이미 수비군이 돌파당했고 지부가……!"

"오음도마(五婬刀魔)를 필두로 마인들과 요괴 다수가 호장성 지부를 덮쳤습니다! 수는 300 이상으로 추정! 호장성 수비군의 피해가 엄청난 속도로 확장 중!"

"설운성 지부가 공격받고 있습니다! 놈들이 성벽을 넘었습니다!"

"관군 역시 지원군을 보낼 것이라고 합니다. 하지만 구원이 도착하기까지의 시간이……."

"미우성의 왕류 상단에서 긴급 지원 요청!"

하운국 각지에서 긴급한 요청이 날아들고 있었다. 암천동맹으로 추정되는 마인과 요괴의 무리가 엄청난 기세로 별의 수호자의 지부와 주요 사업체들을 덮치고 있었다.

시간이 얼마 지나지도 않았는데 보고되는 피해가 엄청났다.

이유는 두 가지였다.

설마 마인들과 요괴들이 이만한 규모로, 그것도 성벽으로 둘러싸인 도시를 앞뒤 가리지 않고 공격해 올 줄은 몰랐다.

그리고 이들은 마치 하늘에서 뚝 떨어진 것처럼 갑작스럽게 도시 부근에 나타나서 미처 대응 태세를 갖출 여유도 주지 않았다.

별의 수호자 총단에서는 장로회가 소집되었고, 장로들이 모이기 전에 이미 오성들이 움직이기 시작했다.

"진해성 본성에는 내가 간다. 가까운 곳에 있는 병력을 지정 지점으로 집결시키도록."

풍성 초후적이 먼저 움직였다. 그는 기물 관리부와 병기부, 약품 관리부가 임무 수행에 필요한 장비들을 불출하기까지의 짧은 시간 동안 마곡정을 호출했다.

"곡정아."

"예."

"설운성은 네가 가라. 이미 필요한 장비는 신청해 두었다."

"알겠습니다."

총단은 이미 전투 지역에서 가까운 곳에 있던 무인들을 급파할 것을 지시했다.

그러나 이번 사태를 막아내기 위해서는 오성급 무인들이 움직여야만 했다. 그들만이 상식으로는 가늠할 수 없는 극한의 경공술로 수개월 단위의 거리마저도 단숨에 이동할 수 있었다.

문제는 그들조차도 한계는 있다는 점이다. 인접한 성이라면 모를까, 그 이상의 거리라면 그들이라도 손이 닿지 않는다. 강주성과 백운성은 그쪽 무인들이 잘 버텨내기를 바라는 수밖에 없다.

"영운성 쪽으로는 척마대주가 갈 것이다."

아직 해룡성에서 돌아오지 않은 척마대주 백건익도 긴급 지원을 위해 움직인다.

"호장성은 어떻게 합니까? 혹시 형운이 처리합니까?"

호장성은 형운의 고향이다. 그리고 지금 형운이 운 장로와 함께 가 있는 운벽성과 인접한 지역이기도 하다.

"아니, 운벽성 지부 쪽은 현재 통신이 끊어졌다."

"네?"

"지부 자체에 뭔가 일이 생긴 것 같더군. 상황 파악에 나섰다. 그리고 호장성에 갈 사람은 따로 있다."

"내가 갈 거야."

들려온 목소리에 마곡정이 깜짝 놀랐다.

"누나가?"

서하령이 걸어오고 있었기 때문이다.

"긴급사태니까. 이런 때 손 놓고 구경할 수는 없잖아?"

초후적이 물었다.

"영성은?"

"먼저 미우성으로 출발하셨어요."

"미우성까지 간다고?"

초후적은 백운단을 취함으로써 9심 내공을 이루었다. 그렇기에 귀혁에게 가능한 일과 불가능한 일을 가늠해 볼 수 있었다. 아무리 9심 내공의 소유자라도 이 시점에서 미우성까지 달려가는 것은……

문득 초후적은 한 가지 터무니없는 가설을 떠올렸다.

"설마……."

"걱정 안 하셔도 될 거예요."

서하령은 그의 생각을 짐작했다는 듯 웃었다.

"귀혁 아저씨는 늘… 준비하고 계셨거든요. 우리하고는 달라요. 달리 준비가 필요하지 않아요."

그렇게 말한 서하령이 화제를 바꿨다.

"분명 지금은 급박한 상황이에요. 황실 측에서도 곧 움직이겠죠. 분명 운검위가 투입될 것이라고 봐요."

"그렇겠지. 하지만 운검위에게도 한계가 있다."

운검위는 머릿수가 적다. 그리고 천두산 사태 때 한 명을 잃은 데다가 비축해 둔 신기를 크게 소모했다. 지금은 죽은 자의 빈자리와 소모한 신기 양쪽 모두 회복되지 않은 상태일 터.

"하지만 과연 우리 모두가 총단을 비워도 괜찮을까요? 만약 이게 우발적인 것이 아니라 총단을 겨냥한 계략이라면?"

"성운검대주와 성운검대는 남을 것이다. 그리고 우리가 없더라도 총단의 방어 병력은 강하지."

예전에 흑영신교가 성해를 강습했을 때도 결국 총단 안으로 파고들지 못했을 정도다.

그리고 아무리 외부 상황이 긴급하더라도 총단에 성운검대주와 성운검대만은 남긴다. 그것은 황실에서 진본 운룡검을 지닌 운룡위만은 어떠한 사태 때도 황궁에 남기는 것과 같은 맥락이다.

'성운검대주만으로 괜찮을까?'

비록 선대 성운검대주인 고동준만은 못할지라도, 현 성운검대주인 양준열 역시 심상경의 고수다. 그리고 성운검대 부대주에는 그 말고도 또 한 명의 심상경의 고수가 있다.

또한 그들을 제외하고도 총단에 있는 병력은 막강하다. 어떤 상황에서도 방어를 자신할 정도로.

하지만 서하령은 보았다. 불굴의 성채로 보였던 풍령국 윤극성이 광세천교의 총공세에 어떻게 무너졌는지를.

그래서일 것이다. 자신을 포함해서 오성급 무인들이 뿔뿔이 흩어지는 지금 상황이 불길하게 느껴지는 것은.

서하령은 그런 의문을 굳이 말하지는 않았다. 장로회 측에서 별의 군세에 속하지 않은 그녀에게 부탁할 정도로 긴급한 상황이다. 이런 상황에서 성운검대주와 성운검대가 못 미더우니 총단에 남아 있겠다고 할 수는 없는 노릇 아닌가?

2

운벽성 지부, 탑의 상층부가 재차 폭발하면서 사태가 격변하기 시작했다.

"어떻게 된 거지?"

운 장로가 경악했다. 거세게 분출되는 백운단의 기운 사이에서 어둠이 홍수처럼 쏟아져 나오는 게 아닌가?

형운이 대답했다.

"흑영신교 놈들입니다."

"뭐라고?"

"구체적인 전후 사정은 저도 모르겠습니다. 하지만 이 사태 자체가 흑영신교 놈들이 꾸민 일입니다."

폭주하는 백운단의 기운 한복판에 흑영신교 성지로 통하는 축지문이 열려 있었다. 그리고 그로부터 농밀한 어둠이 쏟아져 나와 주변을 검게 물들여 갔다.

마치 물에 떨어진 먹물이 번져가는 과정 같았다. 꿈틀거리는 어둠이 빛 그 자체를 지우면서 퍼져 나갔다.

"양우전!"

그때 강연진이 외쳤다. 형운이 놀라서 그가 가리키는 곳을 보자 쏟아지는 어둠 위, 더욱 거대해져 가는 운무 속에 양우전의 모습이 보였다. 위쪽으로 분출되던 운무가 양우전을 중심으로 소용돌이치며 빨려 들어갔다. 그리고…….

꽈과광!

양우전으로부터 쏘아져 나간 굵직한 섬광이 허공을 쳤다.

막 구축되어 가던 결계가 뒤흔들리고 술사들 중 일부가 피를 토하며 쓰러졌다.

"안 돼!"

형운이 급히 그의 주변에 얼음의 방벽을 만들었다.

쿵! 쿠웅! 콰앙!

안쪽에서 폭음이 연달아 울려 퍼진다. 하지만 얼음방벽을 깨뜨린 것은 양우전의 공격이 아니었다.

콰자자작!

얼음방벽은 폭주하는 운무가 팽창하는 압력을 이기지 못했던 것이다.

스으으으으……!

아래쪽으로는 끈적한 먹물처럼 쏟아져 내린 어둠으로부터 기괴한 형상들이 일어나기 시작했다.

인간을 삐죽삐죽하게 왜곡시킨 것 같은 윤곽을 지닌 어둠의 괴물들이 붉은 눈동자를 빛낸다.

"마령귀!"

사령술로 마계의 기운을 퍼 올려서 만든 괴물이었다.

키키키킥, 키키킥……!

사악한 웃음소리가 울리며 그들이 사방으로 덮쳐들었다.

투콰콰콰콰!

하지만 그들이 움직이는 순간, 하늘에서 얼음검이 비처럼 쏟아져 내렸다.

형운이 마령귀들의 진군을 막으면서 지시했다.

"전원 전투태세! 결계술사 외의 술사들은 전투 지원을 준비해!"

그사이에도 형운은 계속해서 일어나는 마령귀들 위쪽, 흘러내리는 찐득한 어둠을 따라서 뭔가가 내려오는 것을 보았다.

쿠우웅!

마령귀들과 닮은, 어둠의 윤곽 그 자체로 이루어진 존재가 세차게 지상에 내려섰다.

'혼원의 마수!'

축지문을 타고 흑영신교 성지에서 등장한 혼원의 마수가 강력한 존재감을 발하기 시작했다.

〈나는 위대한 흑영신을 섬기는 이십사흑영수의 일원, 혈우귀(血雨鬼).〉

혼원의 마수가 형운을 향해 말했다.

〈위대한 흑영신의 가호가 나와 함께한다. 선풍권룡이여, 종언의 막이 올랐느니라!〉

그것을 본 형운이 낭패감을 느꼈다.

"백운단의 기운이 놈들에게 흘러들어 가고 있습니다."

"뭐라고?"

폭주하는 백운단의 기운이 축지문 너머에서 펼쳐진 흑영신교의 술법에 제공되고 있었다. 백운단의 폭주가 곧 흑영신교의 공세를 위한 밑바탕이 되는 셈이다.

'저 어둠은 신기(神氣)가 자아낸 것이다.'

형운은 어떻게 그런 일이 가능한지 한눈에 알아보았다. 흑영신교의 축지문을 통해 전개된 술법은 신기로 이루어진 것이다. 그렇기에 양우전을 매개로 백운단의 기운을 멋대로 끌어다 쓰는 비정상적인 일이 가능했다.

"수성! 다시 부탁하겠네! 나를……."

다급히 외치던 원 장로가 흠칫하며 말을 멈췄다. 운 장로가 그녀의 어깨에 손을 얹었기 때문이다.

그녀는 필사적으로 마음을 가라앉히며 전음으로 말했다.

―나를 호위해 주게. 자네가 말한 대로라면 더더욱 긴급 제어 시설로 가야 하네. 백운단을 봉하지 않으면 우전이를 구할 수 없어.

긴급 제어 시설로 가는 의도를 적에게 들켜서는 안 된다. 운 장로가 제지해 준 덕분에 그런 당연한 사실을 떠올릴 수 있었다.

형운이 놀라 물었다.

―우전이를 구한다고요?

―그렇다네.

―가능한 겁니까?

―모르지. 하지만 시도해 보고 싶네. 그 아이는 우리를 위해 헌신했어. 그런데 마교도 놈들의 계략에 걸렸다는 이유만으로 버릴 수는 없네.

형운은 자신을 바라보는 원 장로의 눈에서 진심을 보았다.

그녀는 목숨의 위험을 무릅쓰고서라도 양우전을 구하고 싶어
하고 있었다.

'우전이 너는… 가치 있는 삶을 살았구나.'

양우전을 좋아하지 않는다. 아니, 싫어한다.

그는 형운이 싫어하는 유형의 사람이다. 강자의 입장에서
잘못을 저지르고서도 사과할 줄 모르는 사람.

누군가는 아무것도 모르는 어린 시절의 치기였을 뿐이라
고 말할지도 모른다. 하지만 그 무지가 피해자에게 평생 사라
지지 않는 상처를 남겼다면, 왜 그것을 관대하게 봐줘야 한단
말인가?

강연진은 형운이 손을 내밀어줬기에 그 상처를 극복하고
일어날 수 있었다. 그가 가해자들을 용서한 것은 그들이 지난
날의 과오를 사죄했기 때문이었고, 그에게 그럴 수 있는 마음
의 여유가 생긴 덕분이기도 했다.

오직 양우전만이 끝끝내 사과하지 않았다.

형운은 그런 양우전에게 도저히 관대해질 수 없었다. 정을
줄 구석도, 이유도 없었기에 한순간도 호의를 품지 않았다.

하지만 지금 이 순간, 인정할 수밖에 없었다.

양우전이 자신과의 관계 밖에서는 가치 있는 삶을 살아왔
다는 것을.

"알겠습니다."

순간 형운의 모습이 사라졌다.

쾅!

접근해 오던 혼원의 마수가 형운의 일권에 맞고 튕겨 나갔다. 형운이 빙백무극지경의 권능으로 혼원의 마수와 마령귀들을 저지하면서 전음을 보냈다.

―연진아, 그리고 오 부대주.

―예.

―지원을 부탁한다. 아주 위험한 역할인데 괜찮을까?

―물론입니다.

―이런 위험한 일 처리하려고 지금까지 그 많은 투자를 받은 거 아니겠어요? 얼마든지 명령해 주세요.

강연진은 망설임 없이 고개를 끄덕였다. 오연서도 마찬가지였다.

형운은 빠르게 설명했다.

―나는 이제부터 이 혼원의 마수를 무력화하고 장로님을 호위해서 탑 지하로 향할 거다. 두 사람은 위로 올라가서 양우전을 막아.

그 전음은 강연진과 오연서만이 아니라 원 장로와 운 장로에게도 전해졌다. 원 장로가 놀라서 외쳤다.

"무모해! 폭주한 백운단의 기운에 휘말리면 끝장일세!"

―원 장로님, 하지만 그렇게 하지 않으면 양우전을 구할 수

없습니다.

"뭐?"

―제가 보기에 시간이 많지 않습니다. 술법으로 봉인한 후에 뒤처리가 가능하냐의 문제가 아니에요. 조금만 더 지나면 우전이는… 양우전이라는 존재 자체가 남지 않을 겁니다.

형운의 눈에는 보였다.

축지문 너머에서 양우전에게 대량의 기운이 흘러들어 가고 있었다. 신기로 자아낸 어둠의 기운이 양우전을 서서히 잠식해 간다. 일월성신의 눈에 시각화되어 보이는 백운지신의 기운이 점점 새카맣게 변질되어 가고 있었다.

저 잠식 과정이 더 진행되기 전에 시도해야 한다. 그래야만 실낱같은 가능성이라도 있을 것이다.

―그 전에 해야 합니다. 제가 장로님과 함께 긴급 제어 시설에 간다면… 그 일을 할 수 있는 것은 천공지체 두 사람뿐입니다. 다른 사람들은 저기에 접근조차 할 수 없으니까요.

형운은 차분하게 말하면서도 격전을 벌이고 있었다.

〈선풍권룡! 영원히 저주받을 자! 나를 쉽게 쓰러뜨릴 수 없을 것이다!〉

혈우귀가 발악적으로 외쳤다.

전투는 일방적이었다. 혼원의 마수가 된 혈우귀는 형운의 공격에 쓰러지고, 부서지고, 찢어지면서도 어마어마한 여력으로 재생하면서 앞을 가로막고 있을 뿐이다. 애당초 이길 수 없다는 것을 잘 알고 시간을 끄는 것에 주력하고 있었다.

형운은 탑 주변을 감쌌던 빙백무극지경의 권능을 대부분 거두고 전투에 집중했다. 예외는 양우전을 가둔 부분뿐이었다.

그럴 수 있었던 것은 결계 구축 작업이 어느 정도 진행된 데다가 비전투 인원들의 대피도 끝나가고 있었기 때문이다. 또한 무인들과 술사들이 군진을 갖추고 진법을 발동시키면서 마령귀들까지 잡을 필요가 없어졌다.

—연진아, 결정은 네가 해라. 이건 어디까지나 도박이니까 무조건 너보고 목숨을 걸라고 할 수는 없어. 우전이를 구하는 도박을 해볼 테냐?

그래서 형운은 혼원의 마수를 압살하면서도 차분하게 전음을 보낼 수 있었다.

"……."

강연진의 표정이 굳었다. 형용할 수 없는 감정이 밀려들고 있었다.

'양우전을 구하기 위해서… 그것도 불분명한 도박에 목숨을 건다고?

그래야 할 이유가 있을까?

3

강연진은 어린 시절, 양우전에게 괴롭힘당했던 일을 잊지 못한다. 솔직히 말하면 그때의 일은 이제는 상처가 아니라 흉터가 되어 점점 흐릿해져 가고 있기는 하다. 하지만 그것은 단순히 시간이 지나서는 아니었다.

형운의 도움으로 한 사람의 무인으로서 성장했고, 기어이 양우전을 눌러 버린 기억이 있기 때문이다. 그 승리는 더없이 통쾌한 복수였고, 그 경험이 상처를 아물게 하는 치료제가 되어주었다.

하지만 복수했다고 해서 양우전에 대한 감정이 사라져 버린 것은 아니다.

양우전은 여전히 미움의 대상이었다. 그리고 어떤 의미에서는 예전보다 더 지고 싶지 않다는 경쟁심을 불사르게 만드는 경쟁자이기도 했다.

후우우우우!

순간 강렬한 기파가 덮쳐오면서 상념을 깨뜨렸다.

형운의 몸을 휘감고 있던 광풍혼이 급속도로 확장하면서 주변을 감쌌다. 그리고…….

―유성우(流星雨)!

장벽 안쪽의 전장에서 무수한 섬광이 혈우귀를 덮쳤다.

콰콰콰콰콰콰!

확장된 광풍혼이 전장을 제한시키고, 그 속에서 무한한 내공으로부터 비롯된 어마어마한 화력이 혈우귀를 강타했다. 수백 발의 유성혼이 대지를 강타하면서 폭발하지만 그 여파는 광풍혼 안쪽에 갇혀서 밖으로 나가지 못했고…….

―광풍혼(光風魂) 연쇄(連鎖)!

형운으로부터 뱀처럼 쏘아져 나간 광풍혼이 혈우귀를 휘감았다. 마치 빛으로 이루어진 포승줄처럼 혈우귀를 한자리에 묶어놓는다.

―중압진(重壓陣) 극점수렴(極點收斂)!

뒤이어 장벽 안쪽에서 날뛰던 폭압이 혈우귀를 휘감은 광풍혼으로 수렴되었다. 또한 확장되어 장벽으로 기능하던 광풍혼마저 급격히 축소되면서 한 점으로 모여들었다.

〈크아악……! 이, 이건……!〉

혈우귀는 마치 거대한 바위가 자신을 짓누르는 것 같은 압력을 느꼈다. 거대한 형태로 전개되어 있던 혼원의 마수의 육체가 그 압력을 버티지 못하고 인간 형태로 압축되어 갔다.

"혼원의 마수, 분명 대단하지. 하지만 사부님이 한 번, 그리고 내가 한 번 싸워봤는데 여태 네놈들을 속전속결로 끝낼 방법을 만들어내지 못했을 것 같았냐?"

한 지점을 감싼 채 눈부시게 타오르는 빛의 소용돌이를 보며 형운이 냉소했다.

"자, 가라."

─광풍폭쇄(光風爆碎)!

빛기둥이 솟구쳤다.

천지를 가르듯이 일순간에 선명한 광선이 그어진다. 비스듬하게 그어진 그것은 탑의 상층부를 관통했고…….

콰콰콰콰콰쾅!

한 박자 늦게 폭음이 터져 나왔다.

놀랍게도 지상의 충격은 거의 없었다. 어마어마한 압력으로 한 점으로 압축한 기운이 한 번에 허공으로 쏘아진 것이다. 생명력이 무한한 것만 같았던 혼원의 마수가 한순간에 소멸하고, 광선이 탑 상공에 산처럼 거대하게 솟구친 운무를 관통한 여파로 직경 수십 장의 구멍을 뻥 뚫어놓았다.

"……."

그 광경을 본 강연진과 오연서는 혼이 나간 것처럼 멍청한 표정을 지었다.

둘 다 뛰어난 무인이기에, 그리고 기를 극도로 세분화해서 감지하는 능력을 지닌 천공지체이기에 형운이 보인 연계기가 얼마나 터무니없는 것인지 알 수 있었다. 특히 강연진은 형운과 같은 무공을 익혔기에 더욱 느끼는 바가 컸다.

'마치 사부님을 보는 것 같아.'

운벽성 지부까지 오는 동안에도 형운의 실력을 보고 감탄할 기회가 있었다. 하지만 그것은 감히 비교조차 할 수 없는 별격의 존재를 보고 압도당한 기분이었다.

그런데 지금 눈앞에서 펼쳐진 것은 좀 다르다.

지금까지 형운에게서 볼 수 없었던 것, 기를 다루는 감각적인 기술의 극한이었다. 형운은 이런 기술까지 갖추고 있었단 말인가?

단번에 혈우귀를 처치한 형운이 물었다.

"연진아, 시간이 없어. 만약 네가 하지 않겠다면 우전이는 포기한다. 위험은 크고 가능성은 너무 희박해."

양우전이 미운 놈이기는 하지만 그래도 같은 스승을 둔 동문 사제다. 형운도 구할 수 있다면 구하고 싶다.

하지만 형운이 보기에 양우전은 이미 살아 있다고 말할 수 있는 상태가 아니었다. 이 사태가 시작된 시점에서 이미······.

'유명후와 비슷한 상태야.'

폭주한 일월성신, 유명후를 연상케 하는 상황이 되어버렸다. 인간 상태를 벗어나 의념으로 통제되는 운화 상태에 접어든 것이다.

과연 그를 다시 인간으로 되돌릴 수 있을까?

회의감을 느끼는 형운에게 강연진이 대답했다.

"하겠습니다."

"뭐라고요?"

오연서가 놀라서 물었다. 그러자 강연진이 그녀를 돌아보았다.

"미운 놈이기는 하지만 그래도 동문이야. 구할 수 있다면 구해야겠어."

"바보예요? 아, 바보 맞지. 하지만 아무리 그래도 그렇지 어쩜 그렇게 만날 죽여 버리겠다느니 때려눕혀 주겠다느니 하던 작자를……."

"목숨을 걸어도 내가 거니까 닥치고 있으시지? 그리고 이건 우리 무맥(武脈)의 일이니까 참견하지 마셔."

냉랭한 말에 오연서가 발끈했다.

"뭐라고요? 지금 그걸 말이라고 하는 거예요? 당신 혼자서 가서 뭘 어쩌겠다고!"

"양우전을 구한다고 했잖아."

"저거 안 보여요?"

운무가 산처럼 거대하게 솟구치고 있었다. 하지만 강연진의 대답은 흔들림 없었다.

"사형이 할 수 있다고 했어. 그러니까 괜찮다."

"아무리 그래도 그렇지! 당신은 사형이 죽으라면 죽을 거예요?"

오연서는 흥분한 나머지 형운이 옆에 있다는 것도 잊고 버럭 소리를 질렀다.

"사형은 절대 그러라고 하지 않아. 그러니까 믿는 거다. 사형이 알려주는 방법대로 하면 될 거야."

"……."

형운에 대한 강연진의 절대적인 신뢰에 오연서는 말문이 막혀 버렸다.

"내가 잘못되어도 네가 남아 있으면 천공지체 연구도 문제없지. 그럼 된 거 아닌가?"

"그걸 말이라고 하냐, 이 미친놈아!"

오연서가 폭발했다. 생전 해본 적 없는 막말을 하면서 따귀를 갈겼다.

턱!

하지만 감극도를 수련한 강연진의 방어에 사각은 없었다. 당황하면서도 그녀의 손을 잡아채 버렸다.

오연서가 어처구니없어하며 말했다.

"보통 이런 건 미안해서라도 맞아주지 않아요?"

"아, 아니, 그냥 몸이 저절로 움직여서……."

"……."

"미안해. 말이 심했군. 사과하지. 그럼……."

강연진이 어색한 표정으로 사과를 하고는 몸을 돌렸다.

턱!

그리고 벼락처럼 뒤통수를 후려갈기려는 오연서의 손을 감극도 무심반사경으로 잡아챘다.

"무슨 짓이야?"

"크윽……! 그놈의 감극도! 왜 사부님이 짜증 내시는지 알겠네요!"

"너……."

"뭐긴 뭐예요? 원수를 위해 목숨 버리겠다는 미친놈을 기절시켜서라도 막아보려고 했지!"

"……."

"됐어요. 가요."

오연서가 짜증을 내면서 강연진을 지나쳐 걸어갔다. 강연진이 놀라서 물었다.

"…넌 왜?"

"당신 같으면 '알았어요. 난 여기서 너를 응원할게요! 잘해보세요!' 하고 보낼 수 있겠어요?"

"……."

말문이 막힌 강연진을 본 오연서가 짜증을 냈다.

"아우, 진짜! 내가 어쩌다 이런 미친놈이랑 얽혀서! 수성님, 뭐 하세요? 빨리 방법을 말해주세요. 시간 없다면서요?"

"이걸 가져가."

형운은 발목에서 발찌를 하나씩 풀어 두 사람에게 건네주었다. 설산에서 성하와 싸웠을 때, 팔찌 중 하나를 잃었지만 여전히 팔찌 하나와 발찌 두 개가 남아 있었다.

"진조족의 힘이 깃든 장신구다. 두 사람을 지켜줄 거야. 그리고 우전이에게 다가가서 이걸 써."

다음으로 형운이 건네준 것은 깃털 모양의 쇳조각이 달린 가느다란 사슬 팔찌였다.

이것은 예전 삼신궁에 갔을 때 진조족에게 받은 기물이다. 그 어떤 저주와 지배의 힘이라도 물리칠 수 있는 힘이 깃들어 있었다.

"나 말고는 두 사람만이 저기까지 갈 수 있어. 가까이 다가가서 이걸 쓰면 우전이를 제정신으로 돌릴 수 있을 거야."

하지만 그런 방법을 쓴다 한들 양우전을 구할 수 있을지는 알 수 없다. 이미 늦지 않았기를 바랄 뿐이다.

"위까지는 내가 올려줄게. 둘 다 이걸 타."

형운은 빙백무극지경의 권능으로 두 사람이 올라탈 수 있는 얼음판 두 개를 만들었다.

"사형, 무운을 빕니다."

"두 사람도. 만약 기물을 썼는데도 변화가 없거나, 주변의 조짐이 이상하다 싶으면 바로 빠져나와. 그때가 시간제한이 끝나는 때일 테니까."

"예."

강연진과 오연서가 올라서자 빙판이 빠르게 위로 솟구쳤다.

형운이 원 장로를 바라보았다.

"흑영신교 놈들이 또 뭔가 보내기 전에 가지요. 시간이 얼마 없습니다."

"알겠네."

"이걸 차시지요."

형운이 하나 남은 진조족의 팔찌를 벗어서 원 장로에게 건네줄 때였다.

갑자기 운 장로가 옆에서 끼어들더니 그것을 잡아챘다.

"장로님?"

"내가 가지."

"무슨 말씀을 하시는 겁니까?"

원 장로가 놀라서 묻자 운 장로가 태연하게 대답했다.

"자네보다는 내가 가는 게 나을 걸세. 위험하지 않은가."

"이 일은 제 책임입니다!"

"나도 운벽성 지부에 대해서는 잘 알지. 특히 긴급 제어 시설은 내가 직접 설계에 관여했으니 자네보다 더 잘 알 걸세."

"말도 안 되는 소리 하지 말아주십시오! 장로님은 저보다 훨씬 더 중요한 분입니다! 그런 분이 이런 위험한 일에 나서신다니 말도 안 됩니다!"

"그럼 더더욱 내가 가야지. 이 일은 더없이 이성적인 사람만이 해낼 수 있을 걸세. 그리고 자네는 지금 냉정하지 못해."

"장로님!"

"그것 보게나. 살얼음 같은 상태지 않나, 쯧쯧."

혀를 끌끌 차던 운 장로가 벼락처럼 움직였다. 원 장로가 미처 반응할 새도 없이 그녀의 복부에 손을 대더니 침투경을 발했다.

"커억……!"

"이런."

무릎을 꿇는 원 장로를 본 운 장로가 눈을 크게 떴다. 일격으로 기절시킬 생각이었는데 원 장로는 고통스러워할 뿐, 의식이 또렷한 상태였기 때문이다. 그가 난처한 표정으로 형운을 바라보았다.

"수성, 미안하네만……."

"무슨 생각이신지 모르겠군요."

형운은 한숨을 쉬면서 원 장로를 기절시켰다. 축 늘어진 그녀를 호위무사에게 넘겨준 운 장로가 쓴웃음을 지었다.

"여자를 때려본 것은… 여섯 살 때 누님이랑 투닥거린 이후로 처음이군. 평생 신념을 깨가면서까지 한 일인데 골방 무공으로는 사람 기절시키는 것도 쉽지 않구먼."

건강관리와 학문적인 차원이기는 하지만 그도 수십 년 동

안 무공을 연마한 몸이었다. 기공에 대한 이해가 뛰어나서 내
공만도 5심에 달한다.

하지만 실전과는 거리가 먼 골방 무공이었기에 방심한 상
대를 기습해서 기절시키는 것조차도 제대로 되지 않았다. 그
사실이 운 장로에게 여러 가지를 느끼게 했다.

형운이 물었다.

"왜 이러시는 겁니까?"

"말한 그대로일세. 원 장로의 상태는 냉정함과는 거리가
멀어. 필사적으로 버티고는 있지만 언제 깨질지 모르는 살얼
음 같은 상태지. 사사로운 정에 얽매여서 양우전을 구하겠다
고 천공지체 두 명을 죽음의 위험으로 걸어 들어가게 하지 않
았나."

"……."

"하지만 이해해 줘야겠지. 제자에게 배우고 깨달을 기회를
주는 것이 스승의 의무 아닌가. 특히 목숨을 걸어야 하는 일
이라면, 앞날 창창한 제자보다는 나처럼 살날 얼마 남지 않은
늙은이가 가는 것이 낫지."

형운은 두 사람이 사제지간이었냐고 묻지는 않았다. 학문
적으로 두 사람은 그런 관계가 아니다. 하지만 분명 원세윤은
운중산의 정신적 후계자였고, 두 사람이 서로를 스승과 제자
로 여기고 있음은 익히 알려진 바였다.

"그럼 가봄세. 시간 없지 않은가?"

"운 장로님."

"왜 그러나?"

"처음으로 장로님이 좀 멋있다고 생각했습니다."

형운의 말에 운 장로가 눈을 휘둥그레 떴다. 그러다가 너털웃음을 지으며 말했다.

"잘나가는 젊은이가 그리 말해주니 기분 좋구먼. 자, 그럼 잘 부탁하네. 자네가 앞서주지 않으면 난 저 앞에 뭐가 있는지도 모르는 몸이니."

두 사람은 홍수처럼 흘러넘치는 어둠과 그로부터 솟구치는 마령귀들을 뚫고 탑으로 향했다.

『성운을 먹는 자』 30권에 계속…